LA REDENZIONE DI CAMERON

GLI ORSI DELLO CHALET ROSSO - 4

KAYLA GABRIEL

ISCRIVITI ALLA NEWSLETTER

Unisciti alla mailing list per essere informato per primo su nuove uscite, libri gratuiti, premi speciali e altri omaggi dell'autore.

https://kaylagabriel.com/benvenuto/

1

Seduta nell'ufficio del signor Magnus Turner, avvocato e membro del Consiglio degli Alfa dei Berserker, Alex Hansard si sentiva incredibilmente fuori luogo, specie mentre quell'uomo ora la scrutava con uno sguardo privo di apprezzamento e sfogliava il plico ordinato di documenti che lei gli aveva dato per illustrargli la propria posizione e sottoporre alla sua attenzione la petizione che sperava di fargli firmare.

Alex aveva bisogno che il signor Turn divenisse il primo alfa dei Berserker a interessarsi a lei, che l'aiutasse a far progredire la sua campagna per le pari opportunità e la portasse all'attenzione del Consiglio degli Alfa, l'organo che governava su tutti i Berserker che vivevano negli Stati Uniti.

Sebbene per l'occasione si fosse messa in tiro, strizzando le sue curve dentro una gonna scura e una camicetta color crema, Alex si sentiva lo stesso inadeguata osservando l'elegantissimo completo che indossava l'uomo seduto davanti a lei.

Sollevò la mano e tastò l'elaborata treccia con cui aveva domato i suoi capelli rosso fuoco, assicurandosi che non ci fosse nemmeno una ciocca fuori posto. Si accigliò quando si accorse che tale gesto palesava il proprio nervosismo. Si rimise subito la mano in grembo, contrasse le labbra e guardò il gentiluomo trincerato dietro la scrivania di quercia.

"Signorina Hansard, il primo problema qui è che, semplicemente, i Berserker non sottostanno alle stesse leggi degli umani. Lei continua a utilizzare la logica e le leggi umani per imbastire il suo caso, ma sappia che ciò non avrà alcun effetto sui membri del consiglio," le spiegò il signor Turner guardandola da dietro un paio di occhiali da vista dalla montatura spessa. I suoi capelli erano sì argentati, quasi bianchi, e il suo fisico stava perdendo il proprio vigore – ma i suoi penetranti occhi grigi continuavano a sprizzare intelligenza.

Alex lasciò che il proprio sguardo vagasse in giro per l'ufficio del signor Turner. Essendo un membro del Consiglio degli Alfa e avendo alle una pluriennale carriera da avvocato, Turner era un esperto della legge dei Berserker. Ed era anche amico di Gregor England, il Berserker che oggi l'aveva accompagnata qui.

Gregor, questo era il suo nome, era ora seduto di fianco a lei e indossava un impeccabile completo scuro. Si portava i suoi anni molto meglio di quanto non facesse Turner. Gregor avrà avuto sì e no quarant'anni, mentre Turner ne aveva almeno sessanta. Capelli scuri, pelle abbronzata, sorriso facile. Solo i suoi meravigliosi occhi cobalto tradivano il segreto che lui e Alex condividevano.

Alex scostò lo sguardo dall'Alfa che negli ultimi mesi aveva creato un tale trambusto nella sua vita e si riconcentrò sul problema attuale.

"E il secondo problema?" chiese sollevando lo sguardo per incrociare quello del signor Turner.

"Il secondo problema è l'argomento. I Berserker sono governati dagli Alfa, e gli Alfa sono maschi per natura. Non ci sono molti Alfa che sarebbero d'accordo nell'adottare delle nuove leggi a favore delle donne o dei mezzosangue," disse il signor Turner sospirando.

Alex arrossì per la rabbia. Facendo parte di entrambe le categorie, essendo lei sia una donna che una mezzosangue, non poteva non odiare quanto Turner le aveva appena detto – per quanto fosse conscia del fatto che era la pura e semplice verità.

"Al mondo ci sono più donne che uomini, signor Turner," disse Alex senza scomporsi. "Persino nella comunità degli orsi mutaforma. E per quanto riguarda i mezzosangue, siamo così tanti che lei neanche se lo immagina."

Alex si schiarì la gola e si spostò sulla sedia. L'orgoglio le fece drizzare la schiena.

Sebbene fosse venuta a conoscenza della sua discendenza solo qualche anno prima, e sebbene avesse scoperto la propria parentela con Gregor England solo qualche mese fa, la causa dei Berserker le stava fortemente a cuore. Il Codice degli Alfa era antiquato e obsoleto, del tutto incompatibile con la dottrina umana che vigeva nel nord America.

Turner la squadrò con uno sguardo insondabile. Il suo sguardo indagatore fece sentire Alex come se fosse una puledra a una fiera di campagna sottoposta allo scrutinio attento dei giudici di gara. Quello sguardo rappresentava esattamente tutto ciò che lei odiava delle leggi degli orsi mutaforma: Alex Hansard non era un oggetto, non era qualcosa che apparteneva a un marito, a un padre o a un Alfa. Aveva una vita, un lavoro, una *raison d'être* che nessuno poteva portarle via. Valeva più della somma delle sue parti o della forma del suo corpo, più della sua capacità di mettere al mondo una progenie per far progredire la discendenza dei Berserker.

"Posso farle una domanda personale, signorina Hansard?" disse il signor Turner.

Alex si strinse le mani per impedirsi di fare un gesto esasperato.

"Certo, perché no?" disse sospirando e contraendo le labbra.

"Lei è in grado di trasformarsi?" le chiese lui.

Alex spalancò la bocca, sorpresa. Non era la domanda che si aspettava.

"Sì," rispose con un sospiro. "Anche se non capisco cosa c'entri."

"Ha cominciato a trasformarsi quando era piccola, come accade alla maggior parte di noi?"

Sollevando un sopracciglio, Alex fece di tutto per non perdere le staffe.

"Non prima dei quattordici anni," rispose.

"Pensa che i suoi figli saranno in grado di trasformarsi? Pensa che saranno dei purosangue? Cosa accadrebbe se lei prendesse per compagno un altro mezzosangue? Cosa pensa che accadrebbe?" le chiese il signor Turner.

Alex scattò in piedi e sbuffò, quasi senza accorgersi che Gregor non aveva fatto altrettanto.

"Penso proprio che sia ora di andare. Non deve essere scortese solo perché non è d'accordo con le mie idee," disse fulminandolo con lo sguardo.

"Mi perdoni, signorina Hansard," disse il signor Turner alzando le mani. "Le sto solo facendo le domande che tutti gli Alfa all'interno del Consiglio vorranno porle. Se l'ho menzionata, è solo perché la sua discendenza è il terzo problema qui."

"Il mio codice genetico non sono affari suoi," disse Alex bruscamente.

"La prego, si sieda," disse Turner indicando la sedia dietro di lei.

Alex guardò Gregor, che si limitò a fare spallucce. Lei si accigliò e tornò a sedersi. Sentiva l'impazienza che le ribolliva nel petto.

"Alexandra, lei deve capire che agli Alfa interessano solo il potere e l'eredità. Se concedessero più diritti alle donne e ai mezzosangue, tale potere e tale eredità verrebbero sottoposti a dei gravi rischi. E, inoltre, lei stessa non ha una discendenza. Voglio essere schietto: una donna mezzosangue illegittima... ci sono troppe cose che remano contro la sua causa."

"E allora il suo suggerimento quale sarebbe? Devo travestirmi da uomo? Devo mentire sulla mia madre umana? Non posso farci niente, né voglio cambiare la mia natura."

"Quello che le suggerisco io è di legittimarsi," disse Turner incrociando le braccia e appoggiandosi allo schienale della sedia.

Alex sentì la fronte che le si imperlava di sudore, e le ci volle tutta la sua forza di volontà per non voltarsi verso Gregor con un'espressione sospettosa. Gregor aveva rivelato tutto a Turner senza averle prima chiesto il permesso? Lei era stata chiara: non voleva venire reclamata da nessuno.

"Non penso di capire," disse Alex scegliendo le parole con cura.

"Si trovi un compagno, signorina Hansard. Non un compagno qualunque, ma un erede. Qualcuno che presto diventerà un Alfa. Qualcuno con il potere necessario per dar forza al suo caso, qualcuno in grado di darle un vantaggio una volta reclamato il proprio posto nel Consiglio degli Alfa."

"Ma è una cosa ridicola," sbuffò Alex. "Non ho intenzione di sposarmi solo perché lei pensa che ciò mi aiuterà a far cambiare idea a un mucchio di vecchietti."

L'espressione di Turner si fece severa. Prima che Alex potesse dire qualcos'altro, Gregor si alzò in piedi e disse:

"Magnus, grazie mille," e subito gli porse la mano. Un modo intelligente per ricordare ad Alex che se lei si trovava lì era solo grazie alla buona volontà di Gregor, e che lei gli aveva promesso che durante questo colloquio si sarebbe comportata in modo esemplare, che sarebbe stata la cortesia fatta persona.

"Sì, signor Turner. Grazie mille. Mi perdoni se sono stata scortese. È che... questa cosa mi sta molto a cuore," disse Alex pronunciando quelle scuse forzate in fretta e furia.

Turner si ammorbidì, giusto un po', e strinse loro la mano.

"Temo che questo sia il miglior consiglio che io possa darle," disse poi. "Onestamente, penso sia giunto il momento di modernizzare certe leggi dei Berserker."

Toccò un enorme libro che giaceva sulla sua scrivania, un tomo rivestito con dell'antica pelle marrone, la sua copia personale del Codice degli Alfa.

"Esatto. Beh, ci penserò su," disse Alex sforzandosi di sorridere.

Qualcuno bussò alla porta, e una piccola segretaria dai capelli biondi fece capolino.

"Il suo appuntamento delle due è arrivato, signor Turner," disse la donna.

"Ah. Una disputa territoriale," disse Turner ad Alex e Gregor. "Vi prego di scusarmi."

"Grazie per il tuo tempo," disse Gregor. Alex disse la

stessa cosa, ma con fare infastidito. Si strinsero un'altra volta le mani e quindi furono liberi di andarsene.

"Dannati uffici di Printer's RO," borbottò Alex. "I soldi della vecchia Chicago. Quel tizio ha più soldi che buon senso."

"Alex, tutti gli Alfa di Chicago sono così. Anzi, a dire il vero Turner è il più liberale di tutti, ed è proprio per questo che ti ho portata da lui. Gli altri sono tutti vecchi conservatori attaccati ai soldi. Capirai cosa intendo dire se mai ti deciderai a incontrare nostro padre," disse Gregor sospirando.

Alex si irrigidì. Si girò verso suo fratello, sentendo la rabbia che le sgorgava fuori dall'oscuro anfratto all'interno del suo cuore dove, anni prima, aveva rinchiuso i sentimenti che provava nei confronti dei suoi misteriosi genitori naturali.

"Non voglio tornare ad essere una bambina capricciosa, Gregor. Nostro padre sapeva di me. Mia madre mi ha raccontato tutto. Persino che lei non era pronta ad avere una figlia e che aveva intenzione di darmi in adozione. Grazie a lui, ho passato i primi sette anni della mia vita in affido. Chissà dove sarei ora, se non fosse stato per i miei genitori adottivi."

"Alex... mi dispiace per quello che ti è successo. Se ti fa sentire meglio, so che ti ha sempre tenuta sott'occhio, si è sempre assicurato che ci fosse qualcuno a prendersi cura di te."

Ma mentre diceva ciò, gli fu impossibile guardarla negli occhi. Alex si lasciò andare a una risata sardonica. Scosse il capo.

"Non penso proprio che ci fosse qualcuno a tenermi sott'occhio quando mi diedero in affidamento alla signora Legens. Se commettevo un errore quando parlavo, mi menava con un cucchiaio di legno E gli Sharpe..." Alex tremò. "Meno male che vennero a adottarmi i miei genitori... Gli Sharpe erano delle persone orribili. Dio, ma perché ne dobbiamo parlare!"

Alex deglutì cercando di soffocare la propria rabbia e di cominciare di nuovo a respirare.

"Non so cosa dire, Alex. Vorrei tanto averlo saputo. Nostro padre... lui non ne parla, ma lo so che si sente in colpa."

Alex guardò Gregor. Lei aveva preso tutto dalla propria madre, a quanto pareva, perché lei e suo fratello erano completamente diversi. Lei era pallida, dai capelli rossi e formosa. Lui invece aveva la carnagione olivastra, i capelli scuri ed era forte e atletico come ogni uomo Berserker. L'unica cosa che avevano in comune era il colore degli occhi, uno scintillante blu marino che parlava di profonde correnti che fluivano nelle profondità dell'oceano.

"Lascia stare," disse Alex.

"Vorrei tanto che tu potessi semplicemente entrare a far parte della mia discendenza," disse Gregor sospirando. "Abbiamo l'età giusta... potremmo ignorare del tutto l'approvazione di nostro padre."

Alex sbuffò.

"Solo se tu hai messo incinta una ragazza quando avevi tipo tredici anni," disse alzando gli occhi al cielo. "E poi. Facciamo fatica a passare per fratelli, figuriamoci per padre e figlia. Non ci crederebbe mai nessuno."

Gregor annuì.

"Una buona idea. Ma no, non funzionerebbe. Quindi hai due opzioni. Vai da nostro padre e gli chiede la sua benedizione, o..."

"O sposo un Alfa," disse Alex terminando la frase al posto suo.

"No, devi diventare la sua compagna, non sua moglie. Stai attenta. Sono due concetti completamente diversi."

Alex liquidò le sue parole con un gesto noncurante della mano.

"E cosa accadrebbe se riuscissi ad ottenere la benedizione di nostro padre?"

"Entreresti a far parte del clan, avresti accesso al nostro complesso a nord dello stato. Potresti trasformarti e lasciare che il tuo orso corra libero, senza timori. Entreresti a far parte di una comunità. E, avendo il padre che hai, saresti inondata da nuove amicizie. Anche qualcosa di più, ci scommetto."

Qualcosa nella sua espressione le diceva che Gregor di offerte del genere da aveva ricevute in gran quantità. E allo stesso modo le aveva rifiutate, se Alex interpretava nel modo corretto l'espressione nei suoi occhi.

"Ma anche..." disse poi Alex.

Gregor espirò.

"Dovrai obbedire alle nostre leggi. Sarai obbligata a trovarti un compagno e a mettere al mondo degli eredi. E alla svelta..."

"Quindi, se voglio l'attenzione del Consiglio degli Alfa, in pratica devo fare tutte quelle cose contro cui sto lottando," disse lei.

Gregor fece spallucce.

"Puoi vederla così, se vuoi," fu la sua unica risposta.

"E tu? Devi trovarti una compagna?" gli chiese Alex.

"Ci puoi scommettere le chiappe," disse lui.

Alex fece una pausa. Non sapeva come formulare la prossima domanda.

"Gregor, io non voglio farmi i fatti tuoi, ma tu non sei..."

"Gay?" le suggerì lui. "Sì. Eh già, le leggi non vanno nemmeno a mio favore."

"Cristo," sospirò Alex. "Che cosa hai intenzione di fare?"

"Trovare una donna con le stesse inclinazioni. O meglio, con le inclinazioni opposte. Una donna che manterrà il mio segreto fino a quando io manterrò il suo."

Gregor sollevò un sopracciglio, come a sfidare Alex a proseguire la conversazione. Alex contrasse le labbra e lasciò perdere. Se Gregor non voleva lottare, questo bastava.

"Se posso evitarlo, preferirei non coinvolgere nostro padre," disse Alex cambiando argomento. "Quindi... diciamo che io voglia imboccare l'altra strada: come faccio a conoscere dei Berserker?"

Gregor le rivolse un sorriso malizioso.

"È tempo di conoscere le tue cugine. Loro sì che sanno dove puoi conoscere degli uomini etero. Spero solo che tu regga l'alcool."

Sorpresa, Alex salì su un taxi insieme a suo fratello e lo ascoltò mentre le spiattellava tutti i dettagli più sordidi.

2

"Sei sicuro che non vuoi venire con noi?" chiese Alex a Gregor gettandogli un braccio attorno alle spalle mentre il loro gruppo usciva dal *The Drawing Room*, il luogo designato da Gregor per presentare Alex alle sue *cugine*. Le cugine si erano rivelate essere un nugolo di donne sui vent'anni, alte e belle come modelle, qualcosa di completamente diverso da Alex.

Lei era sempre stata intensa e taciturna, persino quando frequentava l'università. Faceva baldoria con le sue amiche più strette, ma non era mai stata una vera e propria festaiola. Aggettivo che, invece, calzava a pennello a ognuna delle sue cugine. Erano tutte estroverse, emotive e più trendy di quanto Alex potesse mai sognare di diventare. Stephanie, Mirande, Bette, Jenna e Sammie erano sempre vestite di tutto punto e, Dio ci aiuti, erano sempre pronte a D-I-V-E-R-T-I-R-S-I.

Cinque minuti dopo averle incontrate, non appena gli abbracci erano finiti, Alex già non ce la faceva più a sentirle spettegolare e parlare di ragazzi carini. Gregor aveva riservato loro un tavolo al suo ristorante preferito, e fu lesto a infilare Alex in mezzo a lui e a Bette, la più riservata del gruppo. Anche se poi questa stessa Bette non aveva perso occasione di squadrare dalla testa ai piedi ogni uomo attraente che entrava nel locale, avendo cura nel frattempo di fare la telecronaca ad Alex.

"Vediamo..." stava dicendo ad Alex. "Umano, umano. Oh, quello lì, l'ispanico? Anche lui è un umano, ma scommetto che a letto è un fenomeno."

"Io... okay," disse Alex buttando giù una sorsata del Martini che Gregor le aveva messo in mano.

E quello era stato solo l'inizio. Il pasto si era protratto per oltre tre ore, e c'erano state di gran lunga più cose da bere che da mangiare. Alex non era una gran bevitrice, e quindi un po' si era trattenuta ma, nonostante questo, si sentiva alticcia mentre insieme alle altre si addentrava nella notte estiva di Chicago.

"Sono già le dieci e mezza. Ho da fare domattina presto, mi spiace," disse Gregor ad Alex.

"Stronzate," disse Stephanie canzonandolo e prendendolo sottobraccio. "Deve andare a vedere il suo amichetto. Com'è che si chiama, Ralphio? Una cosa del genere."

"E con questo, signore, vi lascio a... qualsiasi cosa abbiate intenzione di fare. State attente, eh?" disse Gregor divincolandosi dai loro abbracci. "Miranda, Bette. Mi raccomando: tenete d'occhio Alex. Non me la fate morire in una qualche rissa da bar, siamo intesi?"

Alex guardò Gregor, ma Gregor si limitò a farle l'occhiolino e se ne andò lasciandola in balia delle *cugine*.

"Andiamo a bere!" gridò Jenna. Le cugine esultarono e afferrarono Alex per la vita, abbracciandola e trascinandola verso la prossima meta.

"Oh mio Dio, amerai il *Bronze Throne*. È tipo il miglior

bar di tutti i tempi. I drink sono fantastici, la musica ti pompa nelle vene, i manzi sono dei super fichi... e poi lì dentro sono quasi tutti dei mutaforma. Resta con noi, così non finirai a slinguazzarti un leone o un lupo o qualcosa del genere," dichiarò Bette.

Venti minuti e due shot di tequila dopo, Alex si trovò d'accordo con tale dichiarazione. Il bar era veramente bello, anche se un po' scuro, la musica veniva sparata a volume altissimo, e gli uomini... diamine, ce n'erano a frotte, *ed* erano tutti degli adoni.

"Il prossimo giro lo offro io!" disse Alex facendosi prendere dall'entusiasmo. Le cugine squittirono divertite e la indirizzarono verso il bar, un bancone di bronzo scintillante che si estendeva dinanzi a un impressionante muro pieno di liquori.

Alex si incamminò verso il bar, fermandosi un secondo per dare una sistemata al suo vestito di pizzo nero e crema. Il corpino aderente le spianava i fianchi formosi e spingeva la sua terza abbondante verso l'alto, strizzandola in una scollatura da far perdere la testa. Alex non era magra come le sue cugine, ma sapeva il fatto suo. Si era vestita in modo da far risaltare il suo corpo a forma di clessidra, abbinando le scarpe col tacco fucsia al rossetto, e completando il tutto con un braccialetto e degli orecchini di diamanti. Regalo dei suoi genitori quando si era graduata, il braccialetto e gli orecchini erano ciò che indossava regolarmente per aggiungere un tocco di grazia femminile al proprio guardaroba.

Quando raggiunse il bar, un barista biondo e bellissimo catturò la sua attenzione, la squadrò dalla testa ai piedi e le andò incontro.

"Cosa ti porto?" le chiese con un sorriso.

Alex contrasse le labbra. Era bellissimo, d'accordo, ma

fin troppo umano. Lei era qui per conoscere dei Berserker, non per finire tra le braccia di chissà quale ragazzone dai begli occhi che non avrebbe mai più rivisto in vita sua.

"Dei Kamikaze shot," disse Alex sporgendosi in avanti e alzando la voce per farsi sentire. "Sei. No, anzi, dodici. Ce l'hai un vassoio?"

Il bartender si mise a ridere e annuì, e subito si diede fare per preparare l'ordine.

"Vi state divertendo, eh?"

I peli sul collo di Alex si drizzarono e subito lei si allontanò dal bancone. Solo ora si accorgeva che, appoggiandosi il bancone, aveva il culo che le sporgeva in fuori, in un modo fin troppo invitante. Si girò... e lui era lì.

L'uomo più bello che avesse mai visto in tutta la sua vita.

Si girò completamente verso di lui, incapace di controllare i propri movimenti, e lo squadrò da capo a piedi. Era alto almeno un metro e ottanta, muscoloso, ma senza essere eccessivamente massiccio. Cappelli scuri tagliati alla moda, un po' più lunghi in cima e quasi rasati sulle tempie; meravigliosi occhi color verde acqua; pelle leggermente abbronzata.

Indossava una camicia blu, le maniche arrotolate fino al gomito e jeans scuri che gli stavano talmente tanto bene che dovevano essere fatti su misura. Alex sapeva una cosa o due su come ci si vestiva, e quest'uomo sapeva il fatto suo. Aveva anche degli intriganti tatuaggi, delle feroci linee nere che gli attraversavano gli avambracci nudi. C'era qualcosa in quei tatuaggi che la fece fremere. Si leccò le labbra.

"Uh..." disse lei sentendo la fiducia in sé stessa che vacillava per un momento, lo stomaco in subbuglio. "Sì, sono qui con alcune amiche."

Fece un vesto vago verso le proprie cugine. Non voleva indicare il tavolo pieno di sventole che senza ombra di dubbio ora stavano adocchiando l'uomo dei suoi sogni con enorme interesse. E chi non l'avrebbe fatto? Era semplicemente divino. Era così bello che Alex d'improvviso dovette chiedersi se per caso fosse più ubriaca di quanto non pensasse. Di solito, quando beveva, la sua capacità di giudizio in fatto di uomini diventava terribile.

"Ah, bene. Forse questo giro posso offrirvelo io?" le chiese lui.

"Oh... Oh, non ti preoccupare. Voglio dire, grazie per l'offerta. Forse puoi offrirmi qualcosa da bere più tardi, in privato."

Alex non riusciva a credere di aver detto una cosa del genere, ma gli occhi di quell'uomo si accesero compiaciuti.

"Mi farebbe molto piacere. Forse ti scoverò sulla pista da ballo," disse lui. Le lanciò un'ultima occhiata, poi si girò e si diresse verso la folla. Alex non poté fare a meno di mangiarselo con gli occhi mentre se ne andava, il suo culo perfetto che si muoveva dentro quei jeans perfetti...

"Benissimo, eccoti dodici shot!" gridò il barista sbattendo un vassoio di plastica sul bancone.

"Grazie mille," disse Alex. Lo pagò, prese il vassoio e tornò dalle sue cugine.

Due Kamikaze shot e due vodka tonic dopo, Alex si lasciò trascinare sulla pista da ballo dalle sue cugine. Presto si ritrovò circondata da corpi roteanti e musica roboante. Danzò e cantò. Ormai era ubriaca. Le sue cugine si defilarono per andare a cercare ognuna il proprio partner per il resto della notte e lei ballò con diversi uomini, con la testa che le girava mentre lei rideva e si dimenava.

E poi accadde di nuovo. I peli sul collo le si rizzarono, e lei *capì* subito che si trattava dello stesso tizio. Si girò sorridendo. Eccolo lì, mister Adone. Le porse la mano. Alex non esitò e, con fare disinvolto, gli andò incontro. Lui le mise una mano sul fianco, l'altra sulla zona lombare, e poi la strinse a sé.

Lei notò di nuovo i suoi tatuaggi, e poi sentì il suo corpo caldo e muscoloso premuto contro il suo. Alex gli avvolse il braccio attorno al collo e cominciò a muovere i fianchi seguendo il ritmo della musica. Lui si muoveva sciolto, con naturalezza.

Si sporse in avanti e la baciò. Il mondo di Alex sembrò illuminarsi di botto, l'alcool e il sangue che le scorrevano nelle vene, il sapore di lui nella bocca, il suo tocco sulla sua pelle.

Danzarono e bevvero e si baciarono fino a quando non fu notte fonda. E poi, d'improvviso, si ritrovarono fuori dal locale. Ci fu un taxi, un portiere... Tutto era scintillante e glorioso, tutto le scivolava fluidamente attorno mentre seguiva l'uomo del mistero fuori da un ascensore.

L'uomo dalle labbra calda, dalle mani audaci. Le strinse i seni pesanti e gemette. Le sciolse i capelli e la afferrò per i fianchi. La sua bocca e le sue dita erano dappertutto, la facevano ardere, la fecero venire, ancora e ancora, e senza nemmeno averla spogliata. Quando poi lei lo denudò, toccando i suoi muscoli tonici e lisci, lui ruggì la intrappolò con occhi famelici. La prese contro il muro, penetrandola fino in fondo e facendola gridare di piacere.

Alex gli graffiò la schiena e gli morse la spalla. Lui reclamò il suo corpo, estorcendole dalle labbra infiniti gemiti, ardendola viva. Quando finì, ruggì soddisfatto, e Alex si sentì come marchiata. Fu solo quando poi si distesero l'uno vicino all'altra, entrambi con ansimando, che Alex capì di essere ridicolmente ubriaca.

E lui doveva essere tanto ubriaco quanto lei, perché quando Alex si alzò e si rivestì, lui non fece la minima piega. Restò immobile, in silenzio. Lei lo guardò un'ultima volta prima di andarsene, pensando che, lei era sì completamente ubriaca, ma lui continuava ad essere sempre e comunque bellissimo.

Sospirando di fronte alla propria scarsa capacità di giudizio, Alex barcollò fino all'ascensore e chiamò un taxi.

3

———

"Per riassumere, abbiamo soddisfatto tutti gli obiettivi finanziari che ci siamo posti quattro anni fa, quando entrasti per la prima volta negli uffici della Jones & Simon Investments," disse James Aldrich appoggiandosi allo schienale della sua sedia con un'espressione compiaciuta in volto.

Cameron Beran svuotò un altro enorme bicchiere d'acqua – il terzo da quando era arrivato al ristorante. James non era solo il suo consulente finanziario, ma era anche un suo amico dai tempi dell'università, e quindi i loro incontri erano sempre informali e amichevoli.

"Uh-uh," disse Cam strizzando gli occhi contro la forte luce che entrava penetrando le ampie vetrate del ristorante.

"Ehi, che c'è che non va? Ti ho appena detto che sei ricco da far schifo, e tu non mi stai nemmeno a sentire," disse James. Sembrava leggermente offeso.

Cam guardò il completo grigio di James e i suoi capelli biondi tagliati di fresco. Sapeva che loro due erano due poli opposti. Prima di incontrarlo, Cam aveva fatto a malapena in tempo a farsi una doccia. Non aveva avuto tempo di radersi o di mettersi addosso qualcosa di più elegante di un paio di jeans e una maglietta. Sapeva di essere fuori posto in mezzo a tutti gli uomini d'affari che frequentavano quel ristorante, un posto dove mettevano le tovaglie di lino e i bicchieri di cristallo.

"Un tremendo post-sbornia," ammise Cameron. "Metà delle cose che sono successe ieri notte non me le ricordo nemmeno."

"È mercoledì," disse James sollevando un sopracciglio. "Non ci siamo fatti un po' vecchi, per queste cose?"

"Lo so, lo so," disse Cam strofinandosi la mano sul viso. "E oggi lo sconto."

"Ohhhh," disse James. "Ma io quello sguardo lo conosco. C'entra una ragazza, eh?"

"Non c'entrano sempre le ragazze?" disse Cameron sospirando.

"Beh, ci aspetta un'ora abbondante fatta di grafici e documenti e firme, quindi spero proprio che ne sia valsa la pena."

Cam ci pensò per un istante, poi annuì.

"Senza ombra di dubbio. Una rossa. Con le tette grosse. Oh, una vera e propria pantera," disse. Sollevò la mano e fece segno al cameriere di riempirgli il bicchiere. "Dovresti vedermi la schiena. Tutta piena di graffi."

"Grande," disse James.

"Sì. Ora diamoci da fare, perché dopo ho un appuntamento."

"Con un'altra rossa, voglio sperare."

"Non proprio. Mia madre è in città. Deve comprare il vestito da sposa per la fidanzata di mio fratello," disse Cam.

"Quale fratello? Luke?"

"No. Lui è scappato chissà dove, a dire il vero. No, la

prossima vittima di Gavin," disse Cam scherzando. James conosceva i suoi fratelli, abbastanza da cogliere la battuta.

"Ah, ha senso. È sempre stato una femminuccia, lui," disse James ridendo.

"Senza dubbio. Ma lei è una brava ragazza."

"Ma dove le incontri le brave ragazze, oggigiorno?" si chiese James ad alta voce.

Cam si mise a ridere. Avrebbe tanto voluto raccontargli tutta la storia. *Beh, la sua famiglia è una specie di setta, e noi li abbiamo conosciuti a un evento sociale ristretto ai soli orsi mutaforma...*

"Ma che ne so. Non il tipo di ragazza che piace a me," disse invece.

"No. Ma ora hai sistemato la faccenda dei soldi e delle proprietà, hai fondato una tua azienda tecnologica, quindi penso proprio che ci riuscirai a trovarti una bella signora," disse James. "Sempre che qualcuna riesca a sopportare quel tuo brutto muso."

Cam sorrise. Era bello, e lo sapeva.

"Va bene, basta con i flirt. Diamoci da fare," disse.

James gli fece l'occhiolino e tirò fuori una risma di fogli. Quei documenti avrebbero cementificato gli obiettivi e i sogni di Cameron, sgombrandogli la strada e permettendogli di approdare alla prossima fase della sua vita. Si sarebbe comprato una casa, avrebbe preso una donna forte per compagna e poi, finalmente, si sarebbe trovato nella posizione più adatta per divenire l'erede al trono del clan Beran. Luke non sarebbe tornato molto presto e Wyatt non si sarebbe sistemato né ora né mai, e quindi l'unico candidato adatto a succedere il loro padre e a prendere il posto di Alfa era lui.

L'obiettivo che ormai perseguiva da dieci anni, l'unica cosa che sentiva di meritare per davvero. Ne aveva bisogno.

L'Alfa. Passò metà dell'incontro a sognare ad occhi aperti, annuendo e firmando mentre nella sua mente continuava a far piani. Si fidava di James, quindi non ci sarebbero stati problemi.

Quando poi, due ore dopo, Cam si sedette all'interno del suo caffè preferito, si era ripreso del tutto. Una quantità infinita di bicchieri d'acqua e un pranzo sostanzioso avevano eliminato il novanta percento dei suoi postumi, e il primo sorso del suo caffè macchiato era proprio quello che gli ci voleva per affrontare il resto della giornata.

"Cameron!" disse sua madre poggiando delle buste pesanti sul tavolo.

"Ma'," disse lui alzandosi per abbracciarla. Si incontravano sempre qui ogni volta che lei veniva in città. L'amore per il caffè l'aveva ereditato senza dubbio da sua madre, e questo locale era famoso per tostare i propri chicchi di caffè.

"Che stai bevendo?" gli chiese sua madre.

"Cafè Miel," rispose lui. "Espresso, miele e latte caldo."

"Mhmm. Io penso proprio che mi prenderò un cioccolato bianco alla vaniglia," rispose sua madre. Si diresse verso il bancone e tornò con la sua bevanda e un piattino di macaron, un'altra specialità dell'*HiVolt Cafè*.

"Hai avuto fortuna con il vestito da sposa?" chiese Cameron infilandosi un macaron in bocca. Ignorò lo sguardo di disapprovazione di sua madre e lo masticò rumorosamente, gustandosi appieno il biscotto al pistacchio.

"Ho trovato una dozzina di vestiti diversi. Ho mandato le foto a Charlotte, gliene sono piaciuti tre. Quindi glieli spedisco tutti a casa, così se li prova."

"Forte," disse Cam. "Dev'essere così eccitata."

"Nervosa, più che altro. Ma lei ora è una Beran, quindi è meglio se si abitua alle feste in grande."

"Tu sì che ne sai qualcosa," disse Cam alzando gli occhi al cielo. La loro famiglia era numerosa, e adoravano socializzare. I suoi genitori erano in larga parte responsabili della nuova legge che costringeva tutti i Berserker single a trovare una compagna entro la fine dell'anno. Avevano persino organizzato il primo evento, un'enorme festa con tanto di danze e open bar. Tutta questa faccenda stava andando abbastanza bene, se non fosse per Cameron e Wyatt che di quando in quando facevano a pugni con i loro cugini. Luke aveva quasi combinato un disastro con la sua futura compagna, ma poi alla tutto si era risolto per il meglio.

"A proposito di compagne, devi farmi un favore," gli disse sua madre.

Cam le rivolse un'occhiata sospettosa.

"Che favore?" le chiese.

"Lascia che a te ci pensi io."

"No."

"Cameron—"

"Ma', no. Grazie, ma ci penso io a trovarmi una compagna."

"Non porti mai nessuna a casa. Negli ultimi mesi, già tre dei tuoi fratelli hanno trovato una compagna, e voglio che anche tu ne trovi una."

"Lo farò."

"Voglio aiutarti," disse sua madre.

"E io non voglio che tu mi aiuti," rispose Cam.

Sua madre sospirò.

"Lasciamelo fare solo per stavolta. Poi ti lascerò in pace per tutto un mese, promesso."

Cam fece una pausa e ci pensò su. Un appuntamento al buio in cambio di un mese di pace?

"Facciamo due mesi," disse.

"Affare fatto!" Sua madre era radiosa. "La adorerai."

"Mhmm," mormorò Cam, per niente convinto. Divorò un altro macaron.

"Si chiama Alexandra, è nuova di queste parti."

"Chi è il suo Alfa?" chiese Cam, curioso.

"È imparentata con il clan England."

Cam tossì, e per poco il biscotto non gli finì nel naso.

"Alfred England? Oh poveraccia," disse Cam.

"Non è poi così male. Ad ogni modo, non penso che lei lo conosca a fondo. Ma conosce bene Gregor, suo figlio. È un mio amico, sai? Andiamo spesso agli eventi di beneficienza insieme."

"Quindi tu e Gregor siete in combutta, eh?"

"A quanto pare," rispose sua madre.

"Alexandra." Cam ripeté il nome della ragazza.

"Molto carina. Con dei meravigliosi capelli rossi. È anche molto chic."

Capelli rossi. Cam deglutì e prese una bevve una lunga sorsata di caffè. Ora che era con sua madre, non voleva ripensare a quanto era successo la notte precedente

"La conosci?" chiese lui.

"No. È una ragazza della costa est. Penso si sia trasferita qui circa un anno fa. C'è qualcosa dietro, ma Gregor non si è sbottonato più di tanto. Gli England non parlano molto dei loro affari di famiglia."

"Va bene. Beh, non hai qualche gossip sugli England, quindi penso proprio che tu possa aggiornarmi su quegli scapestrati dei miei fratelli," disse Cam, sapendo che a sua madre avrebbe fatto enormemente piacere parlargli di loro.

"Beh," disse sorridendo, "ho delle interessanti novità da Finn..."

Cam si appoggiò allo schienale della sedia, mezzo distratto. Sebbene lei gli stesse raccontando di un'altra bella ragazza, lui non riusciva a concentrarsi. La sua mente si era invischiata con le due rosse del mistero che erano entrate a far parte della sua vita - una che ormai apparteneva al passato, e l'altra all'immediato futuro.

4

————————

"Cameron Beran, uh?" chiese Bette ad Alex facendo una smorfia. Si scostò una lunga ciocca di capelli dal volto. Se ne stavano sedute sul balcone dell'appartamento di Alex, nascoste dalla luce del sole pomeridiano.

"Cos'è quella faccia?" chiese Alex sorseggiando il suo tè freddo alla menta. "Lo vedo stasera per cena, quindi vuota il sacco."

"Beh, è un fico da paura..." disse Bette esitando.

"Ma..."

"Okay, non lo conosco di persona, ma so che una volta è andato a letto con Steph. Un paio di anni fa. Niente di serio, ovviamente, ma pensò che la cosa le abbia lasciato l'amaro in bocca."

"Oh. E perché?"

"È un dongiovanni. Pochi giorni dopo lei lo vide con altre due ragazze, e allora lei ha deciso di lasciarlo perdere definitivamente. Steph è per la monogamia, senza se e senza ma."

"Si erano detti che non avrebbero visto altre persone?" chiese Alex.

"No, no, nient'affatto. Ma per lei è stata una mancanza di rispetto. Come ho detto, però, è successo molto tempo fa. Ora magari è cambiato. Dobbiamo trovare tutti un compagno, quest'anno. Io so che lui vuole diventare l'erede di suo padre, che tra qualche anno vuole prendere il posto di Alfa."

"Interessante," disse Alex annuendo. "Possibile?" Gregor ha detto che ha tipo una dozzina di fratelli."

"Penso che siano sei in tutto. O sette. Qualche mese fa hanno dato una festa, ci sono andata. In mezzo al nulla, nel Montana. Sono tutti alti e belli. Ridicolo," si lamentò Bette.

"Cameron è il più grande?"

"Non penso. Steph saprebbe risponderti. Però so che ci sono delle beghe con l'eredità. Steph però mi ha detto che lui è un Alfa nato."

"Qualunque cosa significhi," disse Alex arricciando il naso. Non comprendeva al 100% la cultura dei Berserker, ma era chiaro che Steph voleva dire che Cameron era un tipo autoritario.

"Ora devo andare, e tu devi prepararti per stasera," disse Bette alzandosi in piedi. "Inoltre, ti sto riempiendo la testa con pettegolezzi vecchi come il cucco, non ti fanno bene."

"Non ti preoccupare. Deciderò per conto mio," la rassicurò Alex. "Ti accompagno."

Nonostante i vaghi avvertimenti di sua cugina, Alex passò le ore successive a prepararsi e a mettersi in tiro. Se quel tipo era uno scemo, allora non l'avrebbe mai più dovuto vedere in vita sua. Però, lo stesso, voleva fare una buona impressione su di lui. Tutta questa faccenda degli appuntamenti tra Berserker era completamente nuova per lei, e non voleva farsi terra bruciata attorno sin da subito.

Alex si infilò un tanto semplice quanto efficace vestito verde oliva. Si addiceva alla sua pelle pallida e ai suoi capelli rosso fuoco, avvolgendole ogni curva ma senza mostrare troppa pelle. Vi aggiunse anche una cintura d'oro brunito e un paio di scarpe col tacco; poi si mise un po' di fondotinta, un po' di mascara e dell'eyeliner blu marino per farle risaltare gli occhi.

Si asciugò i capelli col phon e li spazzolò fino a renderli morbidi e voluminosi, un sipario infuocato. Si controllò allo specchio ed ebbe cura di ricordarsi quello che si ricordava ogni santo giorno: che lei era bella e gentile, che la sua corporatura taglia forte era sexy, e non un qualcosa di cui vergognarsi. Appena sveglia aveva fatto i suoi esercizi di yoga, e grazie ad essi ora riusciva a sentirsi formosa nel modo giusto.

Finalmente fu ora di andare. Gregor le aveva dato l'indirizzo di un ristorante di lusso che riteneva estremamente romantico, e le aveva detto di presentarsi lì alle otto. Con un tocco drammatico, Gregor le aveva dato una rosa bianca da infilarsi dietro l'orecchio. Un marchio identificativo per farsi riconoscere da Cameron.

Entrando nel ristorante, Alex non poté fare a meno di sentirsi nervosa. Andò dritta verso il bar, pensando che così il suo uomo del mistero non avrebbe avuto problemi a individuarla. Si mise a sedere e ordinò un bicchiere d'acqua frizzante. Poco lontana da lei c'era una coppia felice che beveva allegramente e si teneva per mano, totalmente ignara del resto del mondo. L'unico altro cliente seduto al bar un uomo dai capelli scuri che le dava la schiena. Stava conversando a bassa voce con una bella barista, e molte cameriere sembravano fare di tutto per passargli vicino, sorridergli e toccargli la spalla.

Alex alzò gli occhi al cielo e si girò per guardarsi intorno.

Il bar si trovava su una piattaforma rialzata. Sorseggiando la sua Perrier e adocchiando i clienti seduti ai tavoli sotto di lei, Alex provò a sopprimere l'ansia che continuava a divorarla dal di dentro. Alex controllò il suo orologio dorato. Erano le 19:55.

Alle otto in punto, sospirò. Alle otto e cinque, si rese conto che si era dimenticata di infilarsi la rosa all'orecchio. Aprì la borsa e la tirò fuori. La scartò e se la infilò tra i capelli. La coppia felice seduta vicino a lei si alzò e se ne andò, ridacchiando e sussurrandosi chissà cosa all'orecchio. Alex provò a non accigliarsi.

Si guardò intorno e sospirò di nuovo, poi tornò a girarsi verso il bancone del bar. Non appena girò la testa, incrociò lo sguardo con il tizio seduto in fondo al bancone. Le ci vollero diversi secondi, ma poi si sentì lo stomaco sottosopra e riconobbe lo sguardo turchese che la stava fissando.

Era il tizio con cui era andata a letto pochi giorni prima, e stava osservando la rosa bianca che lei aveva tra i capelli. Quando poi lo sguardo di quell'uomo passò a scrutarle il corpo, apprezzando il vestito attillato e le gambe scoperte, Alex sentì un accesso di calore sbocciarle nella parte inferiore del corpo, e si ricordò del calore che aveva provato durante la loro scappatella da ubriachi.

L'uomo si alzò con un movimento fluido e le andò incontro. Lei deglutì, incerta.

"Alexandra?" chiese lui, e lei si sentì di nuovo lo stomaco in subbuglio. Il suo appuntamento al buio e l'uomo della scappatella da ubriachi erano la stessa persona? Porca miseria.

"Uhm, sì. Alex, grazie," disse schiarendosi la gola. "Alex Hansard. Quindi tu sei Cameron?"

Lui si mise a ridere.

"Sì. Potresti anche provarci a non sembrare così disgustata."

Alex contrasse le labbra. Non era neanche lontanamente divertita quanto lui.

"No, no, più che altro sono... sorpresa, ecco," disse inclinando la testa per studiarlo. Era l'epitome della bellezza maschile, esattamente grosso e robusto come se lo ricordava lei. E quegli occhi... erano snervanti e sexy allo stesso tempo.

"Lo ammetto, nemmeno io me lo aspettavo." Le rivolse un sorrisetto malizioso e le indicò i tavoli.

"Andiamo a sederci?" le suggerì.

"Fammi strada," disse Alex alzandosi. Lo seguì giù lungo le scale che conducevano ai tavoli, con la mente che turbinava all'impazzata. Bette aveva ragione. Dopotutto, Alex stessa era andata a letto con lui senza nemmeno avergli detto come si chiamava. Cameron Beran era un dongiovanni, non c'erano dubbi.

Ma forse ciò sarebbe andato a vantaggio di Alex. Forse avrebbero potuto stringere un legame di convenienza, come due soci in affari, senza nessun coinvolgimento sentimentale. Bette le aveva fatto capire che i Beran erano una famiglia potente, e che Cam un giorno forse sarebbe diventato l'Alfa. Aveva il potenziale per divenire l'alleato politico perfetto, e forse era interessato in una disposizione più rilassata di quelle che di solito preferivano i Berserker.

L'espressione *relazione aperta* le risuonò nella testa, e Alex si sentì un ghigno sulle labbra. Forse non era quello che voleva, non era niente di romantico, né era ciò che le era venuto in mente quando Gregor le aveva detto che per lei era importante trovarsi un compagno se voleva sostenere la sua campagna per le pari opportunità. Ma, ciononondimeno, si sarebbe potuto rivelare utile...

Alex contrasse le labbra, prese posto sul divanetto imbottito indicatole da Cameron, e cominciò a rimuginare sulla centinaia di opzioni che le frullavano in testa.

5

___

Cameron fece un respiro profondo e aspettò che Alex si fosse accomodata. Il divanetto si trovava in un angolo appartato, e il tavolo rotondo permetteva loro di sedersi l'uno di fianco all'altra riuscendo comunque a guardarsi negli occhi. Cameron fece il giro del tavolo e andò a sedersi. Ammirò l'apparecchiatura romantica dinanzi a loro, l'argento scintillante, le candele tremolanti e i calici di vino ancora vuoti.

Il vino gli sembrava un'ottima idea. Gli girava la testa. Aveva acconsentito a questo appuntamento solo per compiacere sua madre, e in cambio aveva ottenuto... beh, non lo sapeva ancora di preciso, ma di certo si trattava di qualcosa di più di quanto si fosse aspettato. Alex si schiarì la gola. Era chiaro che lei era tanto nervosa quanto lui.

"Sei bellissima," disse Cam, con le parole che gli lasciarono la bocca prima ancora che il cervello avesse finito di elaborarle. Ovviamente erano parole sincere: Alex era vestita in modo impeccabile, e i fieri capelli rossi che le adornavano le spalle erano meravigliosi. L'animale dentro di lui voleva saltare a piè pari le noiose conversazioni e passare subito alla parte più interessante della serata, la parte fatta di assaggi e palpate.

"Grazie," disse Alex, impassibile.

Cam fece cenno a un cameriere e poi infilò il naso nella lista dei vini.

"Hai qualche preferenza riguardo al vino?" chiese ad Alex studiandola da sopra il menu.

"Un vino frizzante per cominciare," suggerì lei inarcando un sopracciglio e adocchiando la lista delle vivande. Ogni suo piccolo gesto, ogni suo parola ricordavano a Cam della notte che avevano passato insieme. Lei, anche dopo diversi drink, era sempre rimasta tesa, in guardia. Ma ora era immensamente più agitata, se possibile, tutta in tiro e riservata, circondata da mura troppo alte perché Cameron potesse scavalcarle.

E questo Cam non poteva permetterlo. L'Alfa dentro di lui aveva bisogno di avere il controllo, dentro e fuori dalla camera da letto. Se questo appuntamento doveva portare da qualche parte, Cam aveva bisogno di dimostrare il suo dominio ad Alex fin da subito. Una sorta di test. Solo allora avrebbe potuto determinare se erano veramente compatibili, se lei era in grado di sottomettersi e di ribellarsi a tempo debito.

"Ho un suggerimento," disse. Mise il menu da parte, allungò la mano e tolse l'altro dalle mani di Alex. "Stasera ordino io per te."

Le labbra di Alex formarono un dolce *oh* di sorpresa. Quella lieve dimostrazione di debolezza gli fece contrarre le labbra. Sarebbe stato un piacere tenerla costantemente sul chi va là.

"Perché?" chiese lei dopo essersi ricomposta.

"Perché mi farebbe enormemente piacere," disse Cam

facendo spallucce cercando di nascondere l'attento scrutinio a cui stava sottoponendo le sue reazioni.

"E perché a me dovrebbe importarmi di cosa ti dà piacere?" rispose Alex.

"Se sei qui c'è un motivo. Vuoi qualcosa. Suppongo che io ti serva per qualcosa, quindi... Penso che il mio piacere dovrebbe interessarti eccome," disse Cam. Enfasi su *piacere*. Lei arrossì leggermente e lui represse un ghigno.

"Anche tu sei qui per un motivo, non è vero?" fu la risposta di Alex. Ma poi abbassò lo sguardo, e Cam capì di aver vinto questa battaglia.

"Forse. Forse volevo solo andare a un appuntamento."

Cam si alzò senza dire una parola. Cercò il cameriere e gli spiegò l'ordine, con tanto di vino e dolce. Quando ritornò, Alex era così agitata che per poco lui non scoppiò a ridere. Lei era una tipa tosta, su questo non c'erano dubbi, ma lui era in vantaggio. Già una volta era riuscito a rimuovere alcuni strati, a possederla fisicamente. Stando alle politiche di genere, lui era in una posizione di vantaggio, ed era pronto a sfruttarla, tale posizione.

"A posto," le disse lui prendendo il tovagliolo e rimettendosi a sedere. Alex gli lanciò un'occhiata neutra, premendo le labbra l'una contro l'altra. Lui decise di fare un ulteriore passo.

"Quindi, dovremmo parlare di cos'è che vuoi, oppure prima dovremmo parlare un po' di noi stessi?" le chiese.

Alex arricciò il naso.

"Non ci conosciamo nemmeno. L'altra notte... ci siamo divertiti, ma... non sono alla ricerca di un'avventura. Sono veramente venuta per un appuntamento serio," disse lei.

Arrivò il cameriere che stappò una bottiglia di champagne e diede ad entrambi un bicchiere. Cam tenne gli occhi incollati su Alex fino a quando l'uomo non se ne andò, pensando alla sua risposta.

"Nemmeno io sono alla ricerca di un'avventura," disse infine. "L'altra notte è stata una tantum."

Alex sbuffò in disaccordo e bevve un sorso del suo champagne.

"A me hanno detto qualcosa di diverso," disse fissandolo negli occhi.

"Non pensavo che tu fossi il tipo di donna che dà retta ai pettegolezzi," disse Cam stringendo gli occhi.

"Non al corrente dei pettegolezzi, vorrai dire." Alex guardò il proprio bicchiere e annuì. "Prima di venire qui, ho chiesto un po' in giro. Avevo come l'impressione che fossi un dongiovanni."

Cam sospirò, ben conscio della propria reputazione. Una reputazione ben meritata, per giunta. Fino a sei mesi fa, era contentissimo della sua vita da playboy. Rimorchiava tutte le ragazze che voleva, ogni volta che voleva.

"Beh, come ho detto, adesso sono alla ricerca di qualcosa di più serio," disse.

"Grazie al decreto degli Alfa, suppongo. Hai meno di sei mesi per trovare una compagna, non è vero?" chiese lei inclinando il capo e rivolgendogli un sorrisetto. Cam scoppiò quasi a ridere. Sembrava che Alex lo stesse mettendo alla prova a sua volta.

"Ho le mie ragioni," disse lui. "Torniamo all'inizio. Come hai detto, l'altra notte ci siamo divertiti, ma... dovremmo ricominciare daccapo. Un nuovo inizio. D'accordo?"

Alex contrasse le labbra e lo squadrò per un istante. Poi annuì.

"Va bene. Quindi... che fai di lavoro, Cameron?" chiese lei.

"Ho una mia azienda. Lavoro nella finanza, nello

specifico con le aziende tecnologiche. Investimenti, previsioni. Come giocare al gatto e al topo," disse assaggiando il vino.

"Sembra una cosa grossa," commentò Alex. "Anche io ho una mia azienda. Beh, in parte. Siamo tre soci. Abbiamo una compagnia di design e marketing. Io mi occupo della parte creativa, del graphic design e del branding."

Parlando della propria compagnia, Alex drizzò la schiena con fare orgoglioso. E così i suoi meravigliosi seni si spinsero in avanti, verso di lui, attirando la sua attenzione. Il vestito le copriva la scollatura cremosa che lui ricordava vagamente dall'altra notte. Non riuscire a vederla ora, la rendeva ancora più affascinante.

"Suona familiare. Io tratto con un sacco di piccole compagnie come la tua, startup che fanno cose interessantissime," disse Cam.

"Adesso abbiamo quindici impiegati, e qualche cliente grosso," disse lei. "L'anno scorso, siamo rientrati nella lista del *Philadelphia Magazine* dei *30 sotto i 30*."

"Philadelphia? Ecco dove ti nascondevi, allora," disse Cam annuendo. "Mi chiedevo l'altra notte come mai non ti avessi mai notata a Chicago. La nostra popolazione di orsi mutaforma è piccola, di orsi della nostra età ce ne sono solo un centinaio."

"Mi sono trasferita qui sei mesi fa," disse lei.

Il cameriere arrivò portando la pancia di porco, l'indivia e la focaccia calda, rompendo il flusso dei pensieri di Cam per un istante.

"Sei venuta qui per stare vicina a Gregor?" chiese Cam.

"Non proprio. Gregor ed io ci siamo trovati attraverso un database di donatori di midollo osseo. Il nostro gruppo sanguigno è raro, specie nel nordest degli Stati Uniti. Abbiamo entrambi donato il midollo a due gemelli di otto anni con il cancro alle ossa, e ci siamo incrociati nel mentre. Il coordinatore dei donatori ha detto che era rimasta sorpresa che io e Gregor non fossimo fratello e sorella, perché geneticamente eravamo estremamente simili. E da lì..."

"Aspetta," disse Cam, confuso. "Mi stai dicendo che sei sua *sorella*?"

D'improvviso, Alex si sentì a disagio.

"Sì. Sorellastra. È una storia lunga," disse.

"Quindi sei la figlia di Alfred England," disse Cam, ancora più confuso. "Giusto?"

"Eh già," disse Alex infilandosi in bocca un po' di insalata.

"England non ha mai..." Cameron fece una pausa. Sapeva che doveva essere cauto. "Lui..."

"Sa di me? Sì. Ho sempre vissuto con la mia famiglia adottiva, contenta come una Pasqua," disse Alex. Fece spallucce. Lei parlava con disinvoltura, ma Cam aveva capito che l'argomento la metteva a disagio. Allora, nonostante la curiosità che gli ribolliva nelle vene, lo mise da parte. Tempo al tempo.

"E tu?" Chiese Alex cambiando argomento. "Tu non sei imparentato con il clan degli England, quindi immagino che nemmeno tu sia di queste parti."

"Vengo dal Montana. Mio padre è l'Alfa del clan Beran."

"Dicono che sia così bello lì. Perché te ne sei andato?" chiese Alex.

"Billings è troppo piccola per i miei gusti. Sapevo di voler vivere dove si trovano le aziende finanziarie e tecnologiche. Quindi, Chicago, era una scelta abbastanza ovvia. E ci sono anche un sacco di Berserker."

"Fino ad ora ne ho incontrati pochi di membri del clan

England, ma mi sembra proprio che siano una famiglia immensa," disse Alex.

Cam considerò le sue parole, chiedendosi quale membro degli England le avesse messo in testa che lui fosse un dongiovanni. Non Gregor, che aveva organizzato l'incontro. Con ogni probabilità, era stata una delle nipoti di Alfred England. Cam aveva... *interagito* con alcune di loro. Da vicino.

"Sono interessanti. Una famiglia antica, potente. Molto tradizionale. Ho sentito dire che da un po' di tempo Alfred England non fa altro che far accoppiare i membri del suo clan. Sta facendo di tutto per far rispettare il decreto."

"Beh, sì. Non è che ci conosciamo, io e lui. Gli unici che sanno di me, fino ad ora, sono Gregor, Alfred e un paio delle mie cugine," disse Alex confermando i sospetti di Cam riguardo alla sua fonte.

"Non per molto. In un clan così affiatato, finirai col fare la conoscenza di tutti gli altri molto, molto presto. Anzi, sono sorpreso che non siano venuti degli sconosciuti a bussare alla tua porta in cerca di un appuntamento, di un modo per entrare a far parte del clan."

Alex sollevò le sopracciglia. A Cam gli ci volle mezzo secondo per capire.

"Ti assicuro che questa non è la mia intenzione," disse lui.

"Tu sei l'erede del clan dei Beran, giusto?" chiese lei.

Cam fece una pausa. Non sapeva come rispondere.

"Non è stato ancora deciso," disse. "Penso di essere la scelta più naturale."

"Capisco. Posso essere schietta con te, Cameron?" gli chiese lei spostando il piatto e poggiando le mani sul tavolo.

"Lo apprezzerei molto."

"Io ho dei secondi fini," disse.

"Come tutti noi."

"Sì, beh. Voglio dire: io sono alla ricerca di qualcosa di specifico. Voglio apportare delle modifiche al Codice degli Alfa. E, per riuscirci, ho bisogno che il mio nome venga riconosciuto e rispettato. Da un Alfa," si spiegò. Cam si accigliò e considerò le sue parole.

"Perché non chiedi a tuo padre? È uno degli Alfa più importanti del paese."

"Beh. Ho le mie riserve su di lui. Motivi personali. E poi, rigirerebbe la frittata e mi spingerebbe tra le braccia del primo alleato politico da cui potrebbe trarre un qualche vantaggio. Io non sono la pedina di nessuno, men che mai di..." Fece una pausa. "Sono io che decido. Sono io che scelgo i miei alleati. Se devo andare fino in fondo, allora tanto vale trovare qualcuno con cui stia bene."

"Quindi per te questa storia del doverti trovare un compagno è una questione di interessi," disse Cam.

"Beh, sì. Come può esserci qualcosa tra due rivali politici?" Alex si appoggiò allo schienale della propria sedia e il cameriere tolse i piatti per poggiare gli antipasti sul tavolo. Cameron sentì lo sguardo di Alex su di sé per diversi istanti, fino a quando la sua attenzione non si spostò sulle pietanze che il cameriere le mise davanti, la stessa selezione di tonno scottato e filet mignon che Cameron aveva ordinato anche per sé stesso.

"Mari e monti, spero ti piaccia," disse Cam evitando la domanda e gettandosi a capofitto sul tonno. Lo assaporò emettendo un sospiro compiaciuto, sentendo il pesce burroso che gli si scioglieva in bocca.

Mangiarono e parlarono del cibo per diversi minuti, e fu solo all'arrivo dei dolci che ripresero a parlare di questioni più serie. Quando il cameriere portò un piatto con diverse terrine piene di creme ai vari gusti, due lunghi cucchiai e un altro giro di champagne, Alex disse:

"È questo quello che vuoi tu, allora?"

Cam alzò lo sguardo sul suo volto, sui suoi incantevoli capelli rossi, sul suo corpo tutte curve. In verità, lui voleva una vera compagna, qualcuno di cui prendersi cura, da proteggere, e con cui lavorare per coltivare un rapporto significativo e duraturo. Voleva l'intesa, sì, la chimica - ma voleva anche altro.

Voleva quello che avevano i suoi genitori: una vita piena di amore e amicizia. Erano anni che perseguiva questo obiettivo, la ragione per cui aveva rimandato la ricerca di una compagna per la vita se prima non avevsse sistemato tutto il resto. Ora che aveva un'attività di successo, un sacco di soldi e abbastanza tempo da dedicare a una compagna, non aveva la minima intenzione di accontentarsi di qualcosa di meno di quello che si meritava.

Ma non l'avrebbe detto ad Alex. Lei aveva altri pensieri per la testa, era alla ricerca di un accordo utile per ottenere quello che voleva. Sebbene Cam pensasse che lei avesse tutte le caratteristiche adatte – l'intelligenza, la classe e la bellezza – aveva bisogno di vedere altro. Doveva scoprire di che pasta era fatto il suo cuore, la cosa che, agli occhi di Cam, era la più importante di tutte.

"Una partner," disse accontentandosi di rivelarle solo parte della verità. "Devo trovare qualcuno di cui potermi fidare."

Gli occhi di Alex brillarono. Approvava le sue parole, e Cameron ebbe come un briciolo di speranza. Forse Alex già sapeva di aver bisogno di qualcosa di più profondo. Era sì una scommessa, ma era una scommessa che Cam avrebbe fatto con qualsiasi potenziale compagna. Quel luccichio gli diede la forza di dire:

"Facciamo il primo passo. Incontriamo i clan. Se ci riusciamo, penso che allora possiamo andare bene l'uno per l'altra."

Alex fece una pausa, lasciando il proprio cucchiaino a un centimetro dal dessert.

"Così, dal nulla?" chiese stringendo gli occhi con fare sospettoso. "Come fai a sapere che sarò in grado di darti quello che vuoi?"

"Hai ragione. Prima c'è una cosa che devo scoprire," disse Cam.

"Oh? Solo una? E quale sarebbe?" chiese Alex sorridendo.

Cam le tolse il cucchiaino dalla mano e lo lasciò cadere sul tavolo. Prima che lei potesse reagire, le infilò la mano attorno alla vita, e lei pronunciò un flebile *oh* vedendo che lui la sollevava e se la faceva sedere in grembo. Si irrigidì, ma si sentiva a suo agio.

"Cameron!" protestò.

Lui la ignorò, le scostò i capelli e le accarezzò la mascella. Le labbra di Cameron discesero sulle sue. Erano morbide, piene e calde come le ricordava. Lei gli mise le mani sulle spalle, affondandogli le unghie nella carne, e protestò di nuovo.

Una voce dentro la testa di Cam gli disse che stava oltrepassando il limite, che aveva bisogno che lei desiderasse tutto ciò, ma il suo orso emise un ruggito di piacere. La sua mano vagò verso l'alto, le strinse il seno, affondando il pollice nella carne tenera, e Alex lo ricompensò spalancando le labbra e gemendo dolcemente. Le infilò l'altra mano nei capelli, facendole inclinare la testa e strizzandole con forza il seno.

Ecco. Lei si rilassò, tirò fuori la lingua per stuzzicare le labbra e la bocca di Cam, e allora lui capì. Non importava quello che diceva: Alexandra Hansard voleva Cam – e non solo per una questione di interessi reciproci. Soddisfatto, Cam le mordicchiò il labbro inferiore e poi la lasciò andare.

"È deciso, allora," le disse lui.

Alex lo guardò a bocca aperta, e Cam sentì un tuffo al cuore. Tra di loro sarebbe successo qualcosa di molto, molto bello. Cam era pronto a scommetterci tutto il suo sudato patrimonio.

Alex tirò fuori uno specchietto portatile dalla borsa e si diede una controllata. Si controllò il trucco e i capelli per la decima volta, provando a ignorare il fascio di nervi che le tormentava lo stomaco. Abbassò lo sguardò sulla sua gonna blu marina e sulla camicia bianca fatta su misura, sperando che la madre di Cameron avrebbe appezzato i suoi tacchi rossi.

Un'altra controllatina al trucco e ai capelli le rivelò che, rispetto a trenta secondi fa, non era cambiato assolutamente nulla. Alex avrebbe voluto mordersi le labbra, ma di certo non voleva sbafare il rossetto che si era messa con tanta cura.

"Ehi. Va tutto bene," disse Cameron afferrandole la mano e portandosela in grembo. Guidò con una mano sola, facendole una smorfia invece di guardare la strada. Cosa che di certo non aiutò Alex a rilassarsi.

"Posso guidare io, sai? Sei sicuro?" gli chiese lei accigliandosi e indicando la strada davanti a loro.

Cameron si mise a ridere. Sembrava contento. Certo, stavano andando a conoscere la sua famiglia. A differenza di

Alex, lui non aveva proprio un bel niente di cui preoccuparsi. Mentre guidavano verso lo Chalet Rosso, Alex si sentì esattamente come si era sentita la prima volta che doveva incontrare Gregor. Sapeva che tutto questo sarebbe servito a cambiare la sua vita, e che lei doveva concentrarsi - ma era una faccenda troppo enorme. E così continuò ad aggiustarsi i capelli e il trucco e il vestito.

"Come se potessi lasciarti guidare," disse Cameron. Le lasciò andare la mano e drizzò la schiena, attirando l'attenzione di Alex sul modo in cui la maglietta gli avvolgeva le spalle, le braccia e gli addominali. Quella maglietta mostrava anche più pelle di quanto non facessero di solito le sue camicie, e così Alex aveva potuto vedere che Cameron aveva dei tatuaggi estremamente sexy che partivano dagli avambracci e risalivano fino a toccare il collo. Quella mattina, quando l'aveva visto in piedi davanti alla porta, con i suoi jeans e la sua maglietta attillata, si era quasi sbattuta la porta in faccia. Era troppo. Non era giusto.

Alex si sforzò di non pensarci.

"Io sono un'ottima guidatrice! Non mi hanno mai fatto una multa," disse sbuffando. "Oltretutto, questa non è nemmeno la tua macchina."

"Calmati. Ci siamo quasi, andrà tutto bene. Praticamente, tu oggi esaudisci tutti i desideri di mia madre. Fidati se ti dico che avrai un benvenuto a dir poco caloroso."

Sì, tranne che sarai mio marito solo per finta. Cazzarola, sì, dovrei dire compagno, pensò Alex. Rivolse a Cam uno sguardo nervoso e rimise lo specchietto nella borsa. Mamma Orsa forse non sarebbe stata contenta di scoprire che lei e Cameron, in pratica, avevano intenzione di dire di sì e firmare un paio di documenti solo per potersi scrollare tutti di dosso e fare quello che gli pareva.

Dopo aver parlato con Gregor, Alex aveva capito che

Cameron necessitava di una compagna forte se voleva diventare l'erede dell'Alfa. Aveva senso – il decreto degli Alfa era l'unica cosa che lo spingeva a sistemarsi. Se avesse trovato una compagna, suo padre lo avrebbe visto con occhi diversi. O così almeno aveva detto Gregor.

"Mi sento... una bugiarda," sospirò Alex. "Siamo stati a quattro appuntamenti, e ora stiamo andando a casa tua per conoscere la tua famiglia."

La settimana che era appena passata era stata a dir poco frenetica. Alex era andata a cena con Cam diverse volte, ovviamente mentre cercava di sbrigare quanto più lavoro possibile in modo da potersi preparare per l'improvvisa settimana di vacanza che si era presa per andare a incontrare entrambi i clan. Inoltre, aveva passato la giornata precedente a correre di qua e di là per negozi, cercando furiosamente i vestiti e le scarpe più adatte per presentarsi in modo adeguato ai due clan.

"Io non mi preoccuperei. Nessuno ti torchierà. Per quanto riguarda me, invece..." sospirò Cameron.

"Mentirai se qualcuno ti chiede da quanto tempo ci vediamo?" chiese Alex irrigidendosi.

"No. Io sono un maestro dell'elusione. Un'abilità vitale nella mia famiglia." Cameron colse l'espressione sospettosa di Alex e sorrise. "Cinque fratelli e una madre chiassosa. L'elusione mi ha salvato le chiappe non so quante volte."

Alex arricciò il naso e si girò per guardare fuori dal finestrino. Davanti a lei si estendeva il meraviglioso Montana.

"Quella è casa tua?" chiese indicando una struttura scura che incombeva in lontananza.

"La sola e unica," disse Cameron. "Lo Chalet. Di solito noi dormiamo nella casa per gli ospiti, ma penso che ora ci siano ancora mio fratello Gavin e la sua compagna.

Dovremo stare nella casa principale, insieme ai miei genitori."

Alex lo ascoltò a malapena. Non riusciva a distogliere lo sguardo dallo Chalet. Era una struttura magnifica, tutta legno scuro e finestre enormi. Sembrava una baita troppo cresciuta - se le baite costassero milioni di dollari e sembrassero uscite dritte fuori da una rivista di architettura.

In un battibaleno, si ritrovarono in piedi di fronte alla piccola scalinata che conduceva alla porta principale, con Cameron che trascinava i loro bagagli. Non fecero in tempo ad attraversare la veranda che una scheggia dai capelli argentati sbucò fuori dalla porta andando a sbattere contro Cameron.

"Ehi, Ma'," disse Cameron ridendo e lasciando cadere i bagagli a terra. "Ma', lei è Alex Hansard. Alex, lei è mia madre, Genny Beran."

Un paio di occhi blu squadrarono Alex dalla testa ai piedi. Genny portava i capelli argentati raccolti in uno chignon, una camicia da uomo troppo grande per lei con le maniche arrotolate e sotto un paio di pantaloni attillati, accoppiati a un paio di stivali da equitazione in pelle.

"Alex, che piacere," disse con un sorriso che le illuminava il volto. "Ti piacciono gli abbracci?"

Alex annuì, e mezzo secondo dopo Genny la strinse a sé.

"A noi piacciono un sacco," le disse Genny. Alex le diede una pacca sulla schiena, facendo di tutto per non far trasparire il proprio disagio. I suoi genitori adottivi erano delle persone meravigliose, ma non dimostravano il loro affetto in modo fisico. Durante i loro ultimi appuntamenti, Cameron le aveva dimostrato quanto apprezzasse il contatto fisico, anche se poi si erano limitati solamente a qualche bacio. Era ovvio da chi avesse ripreso.

"Okay," disse Alex estremamente imbarazzata.

Genny li fece entrare e spedì Cameron sul retro della casa per fargli sistemare le valigie. Lo Chalet aveva un enorme salone, una sala da pranzo e una bianca cucina elegante di acciaio inox - tutto nella stessa area. Genny diresse Alex verso la sala da pranzo, dove la aspettavano tre volti nuovi.

"Alex, lui è Josiah, il mio compagno," disse Genny presentando Alex a un uomo dai capelli argentati che assomigliava a Cameron in modo impressionante. Condividevano la stessa struttura facciale e la stessa corporatura, sebbene Cameron fosse più affabile di quel brontolone di suo padre.

"Mhmm," borbottò Josiah stringendo la mano ad Alex e precipitandosi subito dopo in cucina.

"Non ci badare," disse un bell'uomo che non poteva che essere il fratello di Cameron.

"Questo è mio figlio Gavin, e lei è la sua compagna, Faith," disse Genny, radiosa. "Noah e Charlotte sono ripartiti questa mattina."

Alex strinse le mani di Gavin e della sua compagna tanto carina quanto mite.

"Piacere di conoscerti," disse Faith sorridendole.

"Piacere mio," disse Alex notando la *mise* puritana di Faith, un vestito color crema che le arrivava alle ginocchia e le copriva le spalle e il busto. Era femminile ma dimesso, uno stile che Alex non aveva mai sperimentato per sé stessa. D'improvviso, l'accenno di scollatura che lei aveva giudicato accettabile per l'occasione sembrò opinabile, ma ora non poteva farci nulla.

"Chi vuole un po' di vino? Ho aperto una bottiglia di Pinot Nero," disse Genny versandone un po' ad Alex.

"Grazie, sì," disse Alex bevendone un sorso. Il vino aveva uno strano sapore. Sentì la salivazione che le aumentava, ma mandò giù il sorso e non fece commenti. L'odore del vino persistette a lungo, però, spingendola a desiderarne un altro po', tanto per farsi distendere i nervi.

Si misero tutti a sedere intorno al tavolo da pranzo in base alle indicazioni di Genny. Alex si lasciò trascinare tra le chiacchiere di famiglia mentre Genny li informava su un imminente matrimonio. Genny e Gavin stuzzicarono Faith riguardo il loro, di matrimonio, che si sarebbe tenuto tra qualche mese – e ogni volta che si finiva a parlare di queste cose, Genny rivolgeva ad Alex uno sguardo abbastanza chiaro e sollevava le sopracciglia.

Cameron ritornò e Josiah portò da mangiare: dei meravigliosi filetti di trota. Cameron si mise a sedere tra Alex e Josiah, e Alex fu felice di avere qualcuno a interporsi tra lei e l'Alfa.

"Pescate stamattina," li informò Josiah.

Genny e Faith si alzarono per andare a prendere e portare in tavola asparagi grigliati, patate novelle, pannocchie arrosto e un cesto di pane. Josiah guardò Alex, che subito si domandò se per caso avesse dovuto seguire le altre donne. Si girò verso Cameron per chiederglielo, ma lui la sorprese prendendole la mano e poggiandosela in grembo. Un gesto semplice, ma che riuscì lo stesso a riempirla di gioia. Quando lui la lasciò andare per versarsi un po' di vino, Alex si sentì quasi triste.

Josiah divise e servì il pesce, mentre tutti si servivano da soli i contorni, e Alex fu contenta di trovare una caraffa di acqua ghiacciata e un bicchiere vuoto dinanzi a sé. Spostò il vino e bevve un bicchiere d'acqua, che fu di enorme sollievo alla sua gola improvvisamente riarsa.

"Hai sete?" le chiese Cameron inarcando un sopracciglio.

"Quest'acqua è ottima. Viene dal pozzo?" chiese.

"La migliore acqua di tutto il paese, abbiamo qui," disse Josiah. "Fu mio padre a scavare il pozzo. Con le sue stesse mani."

"È dolcissima," disse Alex. Josiah la guardò; poi tornò a concentrarsi sul proprio cibo.

"Prova il pesce," le suggerì Gavin. "È la specialità di mio padre. Lo cucina con limone, burro e timo. La cosa più buona del mondo."

Josiah non disse nulla. Alex sorrise a Gavin e mangiò un pezzo di pesce; e subito annuì.

"È divino," disse.

"Non ti ci abituare però, sappi che il tuo compagno è un disastro ai fornelli," disse Gavin. Faith ridacchiò e diede un pizzicotto a Gavin. Gavin la guardò e fece spallucce. "Tesoro, è la verità. Brucia tutto quello che tocca. Scommetto che a Chicago mangia solo pizza, eh, Cam?"

Alex si girò verso Cameron, che alzò gli occhi al cielo.

"Non è vero. C'è un Whole Foods vicino a casa mia, e hanno dell'ottimo cibo da asporto," disse Cam tra un boccone e l'altro.

"Non è un problema. Io sono piuttosto brava in cucina," si sorprese a dire Alex.

"Ma la lasagna la sai fare? Cameron non può vivere senza la lasagna," disse Genny ad Alex sorridendo divertita.

"Non mangio molti carboidrati, ma penso di riuscire a mettere insieme una lasagna decente," disse Alex. Cameron le rivolse uno sguardo di apprezzamento, e Alex si rese conto che lui non sapeva niente della sua dieta. Tutte le volte che erano andati fuori a cena, lei gli aveva permesso di ordinare per entrambi, scegliendo sempre di evitare o di andarci piano sui piatti a base di carboidrati che lui sceglieva.

Ripensò a quanto poco si conoscessero, all'imbroglio che

portavano avanti, e ciò le impedì di godersi il meraviglioso pasto offertole dai Beran. Mangiò i suoi asparagi e il suo pesce, ma lasciò perdere il resto. Si sentiva un po' nauseata. Le sue emozioni si manifestavano sempre fisicamente, non era una grande sorpresa.

La conversazione proseguì, un continuò scambio di battute tra Cameron e Gavin. Ognuno dei due aveva un ampio repertorio di storie imbarazzanti sull'altro, e sembrano entusiasti di poterne fare sfoggio dinanzi a un pubblico. Quando la cena finì, Cameron e Gavin portarono via i piatti – faceva parte del rituale di famiglia – ed Alex si mise a ridere quando li vide sgomitare per caricare la lavastoviglie.

Come dolce, Genny tirò fuori una torta al cioccolato preparata senza farina e insistette affinché tutti quanti ne provassero almeno una fetta. Alex se ne infilò un pezzo in bocca e gemette. Poi si accorse che tutti quanti si erano girati a guardarla e arrossì.

"Scusate, ma è così buona! Io sono un disastro con i dolci," ammise.

"L'ha fatta Faith, non io," disse Genny indicando con la testa la timida bionda. Faith si fece rossa come un pomodoro, e Alex sorrise.

"Faith, è una delle cose migliori che abbia mai mangiato in vita mia," le disse Alex.

"Non è niente," disse Faith scuotendo il capo.

"È la migliore in tutto quello che fa," disse Gavin. "Dovresti vedere le illustrazioni che ha disegnato per il suo libro per bambini. Ha già trovato due editori che si sono dimostrati interessati. Non è vero, tesoro?"

Faith stava morendo per la vergogna, e Alex andò in suo aiutò.

"A proposito di libri per bambini, qualche settimana fa

sono andata a vedere una mostra di Shel Silverstein. C'erano delle illustrazioni fenomenali, specie quelle per *Alla ricerca del pezzo perduto*. Vederle di persona è stato incredibile," disse Alex. Faith le rivolse uno sguardo pieno di gratitudine, e poi arrossì di nuovo quando Alex le rispose facendole l'occhiolino.

"Un altro po' di vino?" suggerì Genny a tutti quanti.

"Non per me," disse Alex scuotendo il capo. "Ma era delizioso."

Alex si alzò e aiutò a sparecchiare. Le piaceva il modo felice ed efficiente in cui la famiglia aveva terminato il pasto. I suoi genitori erano entrambi dei dottori, e quindi le cene di famiglia era una rarità, e di solito erano a base di pizza o cibo cinese. Non avrebbe rinunciato ai suoi genitori per nulla al mondo, ma era bello vedere la famiglia di Cameron in azione. In modo particolare, le piaceva che tutti lo chiamassero Cam, qualcosa che, ne era certa, lui non avrebbe mai incoraggiato. Aveva un ottimo senso dell'umorismo, ma era anche abbastanza serioso riguardo sé stesso. Era bello vedere un equilibrio così strambo in una famiglia così amorevole.

"Noi dobbiamo tornare a casa," annunciò Gavin stiracchiandosi e avvolgendo il braccio attorno alle spalle di Faith. "Faith ha un appuntamento domani. Deve parlare con i tipi della Penguin Books. Forse le pubblicano il libro."

"Parliamo su Skype," disse Faith scuotendo il capo, come se ciò bastasse a negare il suo successo.

"Andrà alla grande," disse Alex. "Io di riunioni del genere ne ho a bizzeffe, ed ecco il mio trucco: fa finta di essere sicura di sé. E loro penseranno che lo sei veramente. Facile come bere un bicchier d'acqua."

Faith le rivolse uno sguardo dubbioso, ma annuì.

"Va bene. Ci vediamo domani?" chiese Gavin a Cameron."

"Sì. Noi siamo qui fino a dopodomani," gli disse Cameron.

"C'è una pioggia di meteore domani sera, dopo mezzanotte. Se ti viene voglia di nuotare, beh... non farlo," disse Gavin a Cameron, che sorrise.

"Ricevuto," disse Cameron ignorando lo sguardo curioso dei loro genitori. "Forse possiamo andare sul promontorio."

"Gavin?" disse Faith in piedi sulla soglia.

"Non voglio scombussolare i tuoi piani," disse Gavin uscendo.

"Forse potreste stare un giorno in più," disse Genny. "Vengono anche Noah e Charlotte, e vogliamo dare una grande festa per tutta la famiglia. Cucineremo le bistecche, prepareremo qualche cocktail, e celebreremo tutta la fortuna che i nostri ragazzi hanno avuto nel trovare le loro compagne."

Cameron annuì e guardò Alex.

"Ne parleremo. So che Alex ha un sacco di cose da fare al lavoro, e la settimana prossima dobbiamo andare a conoscere la sua famiglia."

"No, mi piace l'idea," disse Alex. "Se riusciamo a cambiare i voli, mi piacerebbe un sacco restare una notte in più."

"Perfetto!" disse Genny, e Alex non poté reprimere un sorriso quando scorse il sorriso indulgente sul volto di Cameron. Guardare Cameron e la sua famiglia, il modo in cui interagivano, le scaldò il cuore. Era esattamente così che voleva essere con i suoi figli. Un giorno. Se solo non avesse scelto l'unico uomo che forse non le sarebbe mai stato abbastanza fedele da donarle una cosa del genere...

Sospirando, Alex tornò a concentrarsi su Genny e Gavin

e acconsentì a giocare a domino prima di andare a dormire. Ma quei pensieri oscuri le restarono invischiati nella mente per tutta la durata della partita. Si rifiutavano di permetterle di rilassarsi. Aveva commesso un terribile sbaglio quando aveva acconsentito a tutto questo?

7

*A*lex guardò l'orologio, sorpresa che fossero già quasi le dieci di sera. Sbadigliò e ruotò il collo, e così Genny diede una pacca sul braccio a Cameron.

"Le stai facendo fare tardi!" lo rimproverò Genny.

"Oh, no!" protestò Alex con un altro sbadiglio. "Di solito vado a dormire tardi. È solo che stamattina ci siamo svegliati presto."

"Sì, a quanto pare c'è qualcuno qui che vuole presentarsi al gate tre ore prima dell'imbarco," disse Cameron.

"Non si sa mai cosa può succedere in aeroporto," rispose Alex.

"Beh, l'aereo non parte mai in anticipo," disse Cameron alzando gli occhi al cielo. Genny gli diede un altro schiaffetto e lui sospirò. Lo ammonì dicendogli che doveva essere più gentile con la sua compagna. "Va bene, va bene. Cavoli. Alex, andiamo. Ti mostro il resto della casa."

Alex vide Genny e Josiah che si sedevano su un divano, l'uno di fianco all'altra, con Genny che si avvicinava al proprio compagno e gli sussurrava qualcosa.

"È contentissima di averti qui," disse Cameron

prendendo Alex per mano e trascinandola verso il retro della casa. La fece entrare in un ampio corridoio dove c'erano almeno una dozzina di porte, inclusa una doppia porta sulla sinistra.

"La camera dei miei è la prima," le disse Cameron indicandole la prima porta a destra. "Dietro quelle due porte ci sono la sala conferenze e la biblioteca. Dubito che ne avrai bisogno, ma sentiti libera di esplorare. Dormiamo ancora tutti nelle stesse camere, anche se mia madre le ha ammodernate un po'."

Le quattro porte successive appartenevano, rispettivamente, a Finn, a Noah, a Luke e a Gavin.

"E questa è la mia camera," disse Cameron aprendo la porta. Era una stanza semplice, con un letto a due piazze e del mobilio tutto bianco e nero. Attaccati al muro c'erano un paio di poster di film d'azione, e un'enorme scrivania con tanto di computer fisso se ne stava poggiata di fronte a un'enorme finestra panoramica.

Alex notò la propria valigia poggiata su una sedia, e quella di Cameron poggiata lì di fianco sul pavimento.

"Dove dormo?" chiese, confusa.

"Qui," le disse Cameron sedendosi sul letto con un sospiro.

"Uhm... E tu?" disse già conoscendo la risposta.

"Sempre qui. Siamo compagni, ricordi? Perché mai mia madre dovrebbe darci due stanze separate?" le chiese.

"Pensavo... speravo, magari, che i tuoi genitori avessero insistito per farci dormire in stanze separate fino al matrimonio," disse Alex portandosi una mano alla fronte.

"Cosa? Perché, succede?" chiese Cameron, insicuro.

"A casa mia sì. Non ho mai condiviso la stanza con nessuno, nemmeno con una delle mie amiche, quando facevamo i pigiama party," gli disse Alex. Cameron fece spallucce.

"I Berserker non fanno così. Anzi, l'esatto contrario. Sperano proprio che ci mettiamo a letto e ci diamo da fare. Ma mi piacerebbe un sacco sentire qualche storiella sui tuoi pigiama party…"

Alex alzò la testa e colse il suo sguardo malizioso. Gemette.

"Manco per sogno. Il bagno dov'è? Voglio prepararmi per andare a letto," disse. "Sono esausta. Non so perché."

"Il bagno mio e di Wyatt è di là. Lui non tornerà a casa tanto presto, ma chiudi la porta a chiave, non si sa mai," le suggerì Cameron. Si alzò e si tolse la maglietta. Alex fissò a bocca aperta il suo torace liscio e muscoloso, e gli spessi tatuaggi neri che gli dominavano le braccia, le spalle e le costole. Era tutto addominali e pettorali. E quei tatuaggi… fatti per il peccato. Non era mai uscita con qualcuno così tatuato, e quei disegni la eccitavano e la innervosivano allo stesso modo.

"Vuoi metterti a sbavare?" le chiese lui, serio.

"Ma sta' zitto," disse Alex. Arrossì e corse verso la propria valigia. La aprì e tirò fuori il pigiama meno sexy che aveva, una maglia e un paio di pantaloni a righe bianche e blu che gridava "nonno". Fosse stato un po' più fresco, avrebbe infilato in valigia uno dei suoi completi di flanella con cui dormiva fin dai tempi del college. Digrignando i denti, prese il beauty-case e se lo mise sottobraccio.

Senza girarsi per guardare Cameron e il suo addome piatto, Alex corse in bagno. Quando si chiuse la porta alle spalle, lasciando Cameron fuori, espirò.

"Va tutto bene," si disse. "Va. Tutto. Bene."

Si struccò e si lavò i denti, e poi si legò i capelli alla bell'e meglio. Dopo essersi cambiata, si guardò allo specchio e sbiancò. Cameron non l'aveva mai vista senza trucco. Non che fosse brutta, niente del genere: ma lasciare che un ragazzo la vedesse senza trucco era un momento intimo come pochi altri. In un certo senso, ancor più intimo che vederla nuda. Infatti solo due dei suoi precedenti ragazzi l'avevano mai vista *nature*.

"Beh, se vuoi che se ne stia dal suo lato del letto, ottimo lavoro," disse al proprio riflesso. Si toccò i cerchi neri sotto gli occhi. "Porta le chiappe a letto, stronzetta."

Sorridendo, chiuse il beauty-case, lo poggiò vicino al lavandino e fece per uscire dal letto. Poi si fermò. Indietreggiò e tornò a prendere il beauty-case. Lo aprì. Tirò fuori la custodia di plastica dove teneva gli anticoncezionali. La aprì e la guardò. Stamattina, uscendo di fretta per andare all'aeroporto, non avevo preso la pillola giornaliera.

"Idiota," si disse, scuotendo il capo. "Bel rischio, ragazza. Vuoi un figlio? No, non lo vuoi. Quindi prendi la pillola..."

Tirò fuori una pillola e la mandò giù. Aprì il rubinetto e raccolse un po' d'acqua con la mano. Rilassata, rimise tutto a posto e si costrinse a tornare da Cameron.

Si fermò e fece un respiro profondo. La stanza aveva il suo odore. Mascolino, tagliente, con un tocco terroso. Cameron aveva spento la luce e aveva acceso l'abatjour che teneva sul comodino. Era seduto sul letto, leggendo un libro tascabile che aveva visto giorni migliori. La stava aspettando. Si era persino girato verso il suo lato del letto, e le labbra di Alex tremarono accennando un sorriso.

"Pensavo di mandare qualcuno a salvarti," disse Cameron senza alzare gli occhi dal libro.

"Sono ancora viva," disse Alex ignorando il torso nudo di Cameron mentre si infilava a letto.

"Bel pigiama. Non riesco a credere che sia andata in

bagno a cambiarti," disse Cameron guardandola. "Ti ho già vista nuda, ricordi?"

"Beh, sì. Ma se i tuoi ricordi sono come i miei, saranno quantomeno sbiaditi," disse Alex sulla difensiva.

"Voglio rinfrescarmi la memoria alla prima opportunità," disse Cameron.

"Resta dal tuo lato del letto, cowboy," disse Alex accigliandosi. Fece lo sbaglio di guardare Cameron, il suo corpo scolpito, e poi abbassò di colpo gli occhi.

"Che cos'hai detto prima? Manco per sogno," disse Cameron.

"È che... non puoi fare tutto quello che ti pare," disse Alex deglutendo. Le si era seccata di nuovo la bocca. Avrebbe tanto voluto avere un bicchiere d'acqua a portata di mano.

"Penso che sia qualcosa che vogliamo entrambi, Alexandra," la corresse lui.

Lei lo guardò negli occhi, sorpresa nel sentire il proprio nome per intero.

"Io..." cominciò, ma non sapeva cosa dire. Cameron venne in suo salvataggio. Le si fece incontro e la baciò. Un bacio leggerissimo, giusto per stuzzicarla, ma Alex tremò lo stesso. Cameron aveva un effetto sul suo corpo che Alex non riusciva a comprendere.

Eppure, piuttosto che opporre resistenza, piuttosto che emettere l'esclamazione scioccata di cui aveva un disperato bisogno, le sue labbra inseguirono quelle di Cameron quando lui si scostò. Un suono traditore le si formò in gola, un gemito ansimante che le scappò dalle labbra senza avere il permesso di Alex. Sentì le labbra di Cameron che si muovevano, sapeva che stava ridendo, ma non poteva farci niente.

Tirò fuori la lingua e assaggiò le sue labbra. Si girò verso di lui e gli mise la mano attorno alla spalla nuda. Cameron fu attento a baciarla lievemente, con dolcezza, facendole desiderare qualcosa di più. Quando poi le infilò la mano nei capelli e la strinse a sé, Alex divenne preda del desiderio più puro.

Avrebbe potuto essere così facile. Dopotutto, dovevano essere compagni. Connessi per sempre, anche se non in modo profondo. Poteva avere un assaggio del suo corpo se lo voleva, no?

Alex lasciò che Cameron le facesse inclinare la testa all'indietro, scoprendole il collo e baciando la carne nuda. Lei sentì il sussulto che le sfuggì dalle labbra, e non gliene importava niente. Quando lui la morse alla base della gola, le sfiorò il collo, lei era pronta a dargli tutto quello che desiderava. Era facile, dopotutto.

Gli si avvicinò e fece per toccarlo. Con la mano, cercò il suo braccio, forse il fianco, ma Cam si sporse in avanti e le fece perdere l'equilibrio. Alex gli affondò la mano in mezzo alle gambe e gli afferrò la base dell'impressionante membro eretto.

Emise un gridolino di sorpresa e lui si spaventò. Alex sgranò gli occhi e si fermò. I suoi occhi terrorizzati si abbassarono, sempre di più... e trovò la propria mano, le dita avvolte attorno al cazzo più grosso che avesse mai visto – nella vita reale o nei film porno.

"Oddio!" gridò tirando via la mano. Distolse lo sguardo e guardò Cameron negli occhi. "Ma sei nudo!"

Alex tirò il lenzuolo per coprirlo fino all'addome.

"Beh, sì," disse. "Io non mi metto il pigiama da vecchio per dormire. Sono una persona normale, io."

"Non puoi..." disse Alex, ma poi si zittì. "Ugh! Resta dal tuo lato del letto!"

"E perché dovrei?" Secondo me stava andando tutto a

meraviglia," disse Cameron sogghignando. "Ammettilo, Alex. Anche tu vuoi scopare. Muori dalla voglia."

"Non è... no, non voglio," disse Alex girandosi dall'altra parte.

"Bugiarda." Allungò il braccio e le passò la punta del dito sulla clavicola, facendole venire i brividi. "Tu mi vuoi tanto quanto io voglio te. Forse anche di più."

"Ti sbagli," gli disse Alex mettendosi a braccia conserte. "Smettila di toccarmi, Cameron. Sono seria."

"Che bugiarda," sussurrò lui infilandole un dito nel colletto del pigiama e denudandole una spalla. Lei provò a scostarsi, ma lui subito le baciò la carne nuda. Un bacio cocente. Lei sentì la sua lingua sulla propria lingua, e i capezzoli le si inturgidirono fino a farle male.

"Cameron," disse guardandolo negli occhi e spingendolo via. "Non è questo quello che voglio. Il sesso non è un gioco per me."

Cameron si imbronciò.

"E chi ha mai detto che è un gioco?" chiese.

"Non riusciamo a trattenerci, è chiaro," disse Alex tirando via la mano. "Tu non fai altro che provarci, sei tutto parole dolci e ammiccamenti. Ma questa è una relazione che ha scopi politici, non un qualche... Oh, non lo so nemmeno io. Tu stai usando me, come io sto usando te. E va bene, ma io non sarò un'altra tacca sulla tua cintura, va bene?"

Cameron la guardò incredulo.

"Okay, due cose. Innanzitutto, stai facendo tutto da sola. Siamo attratti l'uno all'altra, e saremo compagni. Non c'è letteralmente altra ragione per cui io dovrei provarci con te," disse lui, sempre più arrabbiato. Alex non lo aveva mai visto arrabbiato, il che non fece altro che ricordarle che non lo conosceva affatto. Per quanto ne sapeva lei, poteva essere soggetto a degli scatti d'ira omicidi. Ma lei stava facendo la cosa giusta, non c'erano dubbi.

"E la seconda cosa?" disse lei fulminandolo con lo sguardo.

"Secondo, hai veramente la memoria corta. Se mettessi le tacche sulla cintura, tu ci saresti già," disse.

Alex spalancò la mascella.

"Che stronzo!" sbottò. Prese il cuscino e glielo diede in faccia.

"Ehi, ehi," disse lui sollevando le mani.

"Vado a dormire in salotto," disse lei facendo come per alzarsi.

"I miei genitori staranno guardando un film. Ma va' pure, rovinagli la serata," disse Cameron.

Alex si fermò. Era furiosa. Come osava dire che lei era una tacca sulla cintura e poi intrappolarla a letto con lui?

"Va bene," disse lei infine. "Dormirò qui. Se mi tocchi ti spezzo le dita. Poi lo vediamo quanto sei bravo."

Ignorando il grugnito incredulo di Cameron, Alex si distese, si mise il cuscino sotto la testa e si girò dall'altra parte, così da non doverlo guardare. Restò lì, cercando di far sbollire la rabbia, anche dopo che Cameron ebbe spento la luce, anche dopo che il suo respiro pesante riempì la stanza, un ritmo costante che la cullava.

Forse passarono ore, forse giorni, forse anni - ma alla fine Alex si addormentò, incazzata come non mai.

8

Dopo aver fatto colazione assieme ai suoi genitori, Cam si sedette su una sedia a dondolo in veranda, sorseggiando caffè e rimuginando mentre ammirava il paesaggio mozzafiato che si estendeva dinanzi allo Chalet. Stamattina, quando lui si era alzato, Alex non aveva fatto la minima piega, nonostante avesse passato la notte avvinghiata a lui. Era scivolato via dal suo abbraccio senza svegliarla. Il tempo passò, e fu quasi mezzogiorno quando lei decise di farsi vedere.

La porta sul davanti si aprì e Cam si girò vedendo Alex che usciva in veranda. Era a piedi nudi, indossava una t-shirt e dei pantaloni da yoga e aveva i capelli arruffati in modo sexy. Pur essendosi messa un velo di trucco, aveva un aspetto semplice e rilassato che lui non poteva non ammirare. Di solito Alex era sempre composta, curata, come se bastassero il rossetto e un bel vestito per tenere a bada il mondo.

"Ehi," disse lei.

"Ehi tu. Vedo che hai trovato il caffè," disse Cam sorridendo.

"Ho un radar apposta per il caffè, io. È un elemento

essenziale alla mia sopravvivenza," scherzò lei sedendosi nella sedia a dondolo di fianco alla sua. Poggiò la tazza fumate sul tavolino in mezzo alle sedie e incrociò le gambe sulla sedia con un sorriso compiaciuto. Si era portata dietro anche una risma di fogli spessa così. La poggiò a faccia ingiù sul tavolino.

"Nemmeno io riesco a cominciare la giornata senza un caffè," disse Cam. "Né vorrei farlo."

"Dio, com'è bello qui," disse Alex ammirando le dolci colline con quel suo affilato sguardo cobalto. Si girò verso di Cam, che dovette sforzarsi per reprimere un fremito. "I tuoi?"

"Mia madre ha costretto mio padre ad accompagnarla a Billings. Ha bisogno di un po' di roba per la festa di domani, e le serviva qualcuno che portasse tutte le buste della spesa. Penso che Gavin e Faith siano andati con loro."

Alex annuì, si girò di nuovo verso il paesaggio e bevve un po' di caffè.

"Non riesco a immaginare come sia crescere in un posto come questo," disse con tono assorto. "Una grande famiglia in una grande casa, in mezzo alla natura. Sei veramente fortunato, sai?"

L'intensità delle sue parole lo colpì. Era quasi arrabbiata.

"Tu sei cresciuta a Philadelphia, giusto?" le chiese, curioso. "Non sembra così male."

"Oh, non lo è affatto. Ma è completamente diverso."

"Fratelli, sorelle?"

"No. Mia mamma, la mia madre adottiva, non poteva avere figli. Ma non hanno mai voluto adottare un altro figlio. Forse erano troppo presi dal lavoro. Non mi hanno mai fatto mancare nulla, ma non c'erano quasi mai a casa."

"Beh, sì, immagino che i dottori abbiano delle giornate a

dir poco frenetiche," disse Cam. "Mamma è sempre stata a casa con noi. Badare a sei figli è un lavoraccio."

"Mi piacerebbe farlo, un giorno," disse Alex sorprendendo Cam. "Voglio dire, voglio anche lavorare per mandare avanti la baracca, ma ci sarei sempre, per i miei figli. Andrei a tutti gli eventi scolastici, cose del genere."

"Veramente? Non lo sapevo," disse Cam guardandola.

"Mi sa che ci sono un sacco di cose di cui dobbiamo parlare," disse lei con un sospiro. "A dire il vero è per questo che sono venuta qui. Ho un documento da farti leggere."

Prese la risma di fogli e gliela diede per fargliela leggere. Un'altra sorpresa: Alex gli aveva dato un contratto. Cam sfogliò velocemente le pagine e trovò un resoconto completo delle sue aspettative finanziarie e coniugali. Era tutto più che giusto, serviva a proteggere gli interessi di entrambi, ma Cam era a dir poco sgomento.

"Non so cosa dire. Voglio dire, la parte finanziaria mi sembra a posto. Manteniamo il controllo dei nostri beni e dei nostri guadagni..."

"Ho chiesto a mio padre di scriverlo, e gli ho detto di essere il più giusto possibile."

"Questa parte sugli obblighi coniugali... dice che dobbiamo 'far sì che le relazioni extraconiugali restino tanto segrete quanto discrete'."

"Sì," disse Alex.

"Perché ce lo hai messo?" chiese Cam, confuso.

"Perché è quello che voglio. I migliori amici dei miei genitori erano una coppia. Li conoscevo bene. Lui l'ha tradita, gliel'ha sbattuto in faccia, e i rapporti si sono guastati. Io non voglio passare attraverso una cosa del genere. A prescindere da quale sia il nostro accordo."

"Accordo," ripeté Cam.

"Sì," disse di nuovo Alex girando il volto per nascondere la propria espressione.

"Alex, guardami," esigette Cam. Lei si girò verso di lui, qualcosa di triste e amaro negli occhi.

"Voglio solo proteggermi," disse.

"Non penso che tu capisca cosa sta succedendo qui. C'è un'intera sezione sullo 'scioglimento coniugale'."

"Sì. È lo standard per i contratti prematrimoniali," disse lei.

"Il legame tra compagni non è uno che si possa 'sciogliere'. Ci sono un uomo e una donna, e ci saranno per sempre. Questa roba sulle scappatelle e il divorzio... non fa mai parte dell'accordo. Mai. Celebriamo la cerimonia e basta. Tu, io, le nostre famiglie, e nessun altro," le spiegò Cam.

"Non ti costringerei a farlo. Pensavo di essere stata chiara su questo punto," disse Alex abbassando lo sguardo.

"Forse io non sono stato chiaro. Se lo facciamo, lo facciamo per davvero, fino in fondo. Altrimenti, non proverei a sedurti."

"Cameron..." cominciò a dire lei.

"Cam. Sarai la mia compagna, chiamami Cam," insistette lui.

"Cam. Ne abbiamo già parlato. È un accordo di convenienza. E forse, chissà, diventerà qualcosa di più. Ci sentiamo attratti l'uno all'altra, e quando si tratta della famiglia, a quanto pare vogliamo le stesse cose," disse lei arrossendo leggermente. "Ma ora, è che... è così."

"Non posso firmare," disse Cam poggiando il contratto sul tavolo. "Non è ciò in cui credo."

"Abbiamo bisogno di qualcosa per iscritto. È così... è così che fanno le persone."

"Non i Berserker," disse Cam. Rivolse lo sguardò in

lontananza, la mente travolta da mille pensieri. Sapeva che Alex era una che andava dritto al punto, ma ora stava esagerando. Veramente aveva così poca fiducia in lui? Non poteva che conoscerlo solo superficialmente.

Restarono in silenzio per un po', sorseggiando ognuno il proprio caffè e facendo dondolare le sedie, ognuno intrappolato nei propri pensieri.

"Togli le clausole coniugali e lo firmo," disse Cam infine. "Se hai bisogno di qualcosa su carta, lo firmerò."

Alex lo guardò; poi annuì.

"Okay. Avete la stampante? Posso chiedere al mio avvocato di inviarmi un nuovo contratto domani."

"Sì. Mio padre ha tutto l'occorrente nel proprio ufficio. Non dovrebbe essere un problema," le disse Cam.

Alex contrasse le labbra e guardò la propria tazza di caffè. Era a corto di parole. Cam decise di alleggerire l'atmosfera.

"Ehi, dopo dovremmo andare a farci una bella corsa. Trasformiamoci, facciamo divertire i nostri orsi. La notte qui è bellissimo, è pieno di stelle. E penso che ci sarà la luna piena. So io dove possiamo andare a guardare la pioggia di meteore," suggerì Cam.

Alex si girò verso di lui accennando un sorriso.

"Mi piacerebbe molto," disse.

Restarono lì seduti fino al crepuscolo, alzandosi solo per andare a riempire la tazza di caffè e scaldare per cena la lasagna preparata dalla madre di Cameron. Parlarono un altro po' del loro futuro, evitando di discutere di cose come obblighi e contratti, cercando semplicemente di godersi l'uno la compagnia dell'altro. Alex gli parlò dei propri hobby, gli disse che le piaceva andare a camminare in montagna e scattare foto, che usava la camera oscura di un amico per sviluppare le proprie fotografie. Cam le confidò che occupava il suo tempo libero allenandosi ed esplorando la movida di Chicago, provando i nuovi bar e ristoranti, assistendo agli show dei cantautori del luogo.

Alex gli raccontò qualcos'altro sulla propria famiglia, sull'adozione, parlandogli persino della sfilza di genitori adottivi da cui era passata prima di finire a vivere con gli Hansard. Quando gli disse che Alfred England era a conoscenza della sua nascita e che, lo stesso, l'aveva lasciata in mano ai servizi sociali, l'amarezza intrinseca nel suo tono di voce rattristò Cam. Strinse i pugni pensando a quanto avrebbe potuto essere diversa la vita per Alex se solo suo padre fosse stato meno testa di cazzo.

La cosa più significativa che gli rivelò Alex fu che era solo da poco che aveva cominciato a trasformarsi con regolarità. Aveva sempre tenuto nascoste le sue tendenze Berserker ai suoi genitori e alle sue amiche. Cam non riusciva a immaginare come riuscisse a vivere senza trasformarsi regolarmente: il suo orso costituiva metà della sua personalità, per quanto lo riguardava.

Alex, a metà serata, se ne andò a fare un sonnellino, e Cam apprezzò la solitudine. Considerò tutte le problematiche che dovevano affrontare, cercando di trovare l'approccio migliore da seguire da qui in poi. Dopo averci pensato a lungo, stabilì che avrebbe continuato a corteggiare Alex, che avrebbe fatto di tutto per mostrarle le sue qualità migliore così da permetterle di vederlo sotto una luce migliore.

Era sinceramente attratto dal suo corpo e dalla sua personalità, ma non voleva che lei si impelagasse in qualcosa di serio se non provava lo stesso per lui. Le avrebbe permesso di etichettare la loro relazione come più le piaceva, ma non sarebbe andato fino in fondo a meno che non fosse stato certo di poterla rendere felice.

Alle dieci in punto prese un cestino da picnic e vi infilò una coperta, qualche vestito di ricambio, una bottiglia di vino e qualcosa da mangiare. Camminò fino al promontorio. Trovare la via era stato facile come sempre. Il promontorio si trovava a soli quindici minuti da casa, un promontorio naturale creato da un affioramento roccioso da cui si poteva godere di una vista mozzafiato dello scintillante cielo notturno del Montana.

Ritornò a casa, e quando entrò trovò Alex con uno sguardo perplesso che lo aspettava.

"Oh, eccoti," disse, evidentemente sollevata. "Ti ho cercato dappertutto, poi mi sono detta: 'Sarà morto'."

Cam ridacchiò e scosse il capo.

"No. Mi preparavo per il nostro appuntamento," disse.

Lei contrasse le labbra e lo guardò.

"È ora, eh?" chiese controllando il suo onnipresente orologio da polso.

"Sì. E tu dovresti lasciare qui quell'orologio, assieme ai tuoi vestiti," disse lui.

Alex inarcò un sopracciglio, e il sorrisetto di Cam si tramutò in un ghigno malefico.

"Non sono sicura di approvare questo piano, anche se non ne conosco i dettagli," disse lei.

"Tu ti preoccupi troppo. Andiamo fuori e trasformiamoci." Voglio correre un po' prima dell'inizio della pioggia di meteore," disse. Mentre si spogliavano e si trasformavano, Alex gli ordinò di girarsi dall'altra parte, e Cam non poté fare a meno di domandarsi se le dava più fastidio che lui la vedesse nuda, o che la vedesse mentre si trasformava. Non le capitava spesso di trasformarsi, e sembrava altamente improbabile che fosse abituata a farlo davanti a qualcun altro.

Quando lui finì di trasformarsi e si girò verso di lei, restò senza fiato. Era un meraviglioso orso bruno, con la pelliccia lucente, color castagna sulla testa, e più scura sul petto e le gambe. Cam le diede un momento per osservare il suo enorme Grizzly; poi sbuffò e le diede una leggera spintarella col muso, invitandola a seguirlo.

Cam cominciò a trottare lentamente, avanzando lungo un arco lungo un chilometro e mezzo che conduceva dallo Chalet fino al promontorio. Alex gli stette dietro senza problemi, persino quando lui scattò negli ultimi quattrocento metri. Restò sorpreso dalla sua velocità e resistenza. Faticava a immaginarsi la stilosa, capelli-sempre-a-posto Alex che andava in palestra e sudava come una plebea, ma era indubitabilmente in ottima forma. La sua personalità chic, apparentemente naturale, ottenuta senza sforzo, richiedeva invece molto più lavoro di quanto lei non desse a vedere.

Quando raggiunsero la cima del promontorio, Cam fu il primo a trasformarsi, senza vergognarsi di mostrarsi nudo ad Alex. Lavorava sodo per mantenere il suo fico, così come lei faceva con il proprio stile, e gli piaceva quando una bella donna come lei lo apprezzava. E ad Alex questa descrizione calzava a pennello.

Cameron si inginocchiò vicino al cestino da picnic e tirò fuori due magliette e due paia di pantaloni del pigiama. Si infilò i pantaloni e andò incontro ad Alex per darle i vestiti. Le fece l'occhiolino. Aveva notato che lei non faceva altro che guardargli il torace.

Cam si girò per darle un po' di privacy e andò verso il cestino per mettersi la maglietta e stendere la coperta sulla roccia. Alex lo raggiunse un istante dopo, le labbra inarcate in un sorriso.

"Quindi questo è il nostro appuntamento," chiese.

"Sì. Spero che non ti aspettassi niente di sofisticato," le disse sorridendo.

È piuttosto romantico, Cam," disse lei. Sembrava un po' sorpresa.

"Ehi. Anche io so essere galante," si difese lui.

"Oh, ne sono certa," disse lei, e il suo sorriso si affievolì.

"Cavolo. Sei la prima ragazza che porto qui. Abbi un po' di fede, okay?" Cam scosse il capo dinanzi rendendosi conto che Alex era convinta che questa fosse la sua solita routine, quella che sfoggiava con tutte le sue conquiste.

"Scusa," disse lei, ma fece spallucce, rendendo chiaro che la sua opinione non era mutata.

Dannazione. Cameron aveva sperato di poterla sedurre stanotte, di spogliarla sotto il cielo stellato, ma ora sapeva che avrebbe dovuto andarci piano. Apparentemente, la sua reputazione continuava a precederlo, e lui doveva dimostrare ad Alex che non era un donnaiolo. Ma se Cam doveva essere onesto con sé stesso, la reputazione che si trascinava dietro era ben meritata. Almeno un po'.

"Va bene. Vediamo cosa abbiamo qui. Vieni, siediti con me." Tirò fuori le due bottiglie, i bicchieri di plastica e una selezione di carni, formaggi, cracker e altre prelibatezze che si affrettò a sistemare su un tagliere di legno.

"Ah, che eleganza!" disse Alex tornando a sorridere.

"Beh, non posso servirti tre portate qui fuori, ma penso che gli snack siano sempre un extra ben gradito, durante un appuntamento. Ho anche portato una bottiglia di vino e una di succo di mela frizzante."

"Succo di mela, eh?" disse Alex rivolgendogli uno sguardo curioso.

"Ieri sera a cena ho notato che il vino rosso non ti ha fatto impazzire, e non ho un buon bianco da offrirti. Mio padre lo odia, il vino bianco, e si rifiuta persino di averlo in casa."

"Ah, capisco. Beh, beviamo un po' di succo. Sembra buono," disse lei.

Cam stappò la bottiglia e riempì i bicchieri. Brindarono e bevvero.

"Vediamo. Abbiamo del prosciutto, della coppa, della mortadella," disse lui indicando ogni affettato sul tagliere. "Formaggio di capra, brie, del cheddar, della marmellata di fichi, olive, e degli strambi sottaceti che prepara mia madre."

"Sembra della giardiniera," disse Alex.

"Sì, mi pare di sì. Non ho idea di cosa sia," disse Cam ridacchiando.

"È un contorno italiano. Lo usano nei panini al manzo. Ma la vera domanda è: come fai a vivere a Chicago e a non sapere cosa sia?" chiese Alex.

"Agh, quei cosi hanno un aspetto disgustoso. La gente deve mangiare sul bancone e stare attenta a non sbrodolarsi tutta. È indecoroso."

Alex gettò la testa all'indietro e si mise a ridere.

"Dio, dobbiamo porvi rimedio non appena torniamo a Chicago. Mettiti una maglietta e un paio di jeans e sei a posto," disse lei.

"Beh, per ora..." disse Cam alzando gli occhi al cielo e impilando gli affettati e i formaggi su un cracker.

"Mhmm," disse Alex. "Questo formaggio di capra è divino."

"Lo fanno i nostri vicini, ci credi?" disse Cam.

Mangiucchiarono per qualche minuto, stuzzicandosi a vicenda, e poi Alex vide la prima stella cadente.

"Oddio!" disse urlando e indicando il cielo. "Guarda, guarda! Oh, eccone un'altra!"

Cam annuì sorseggiando il proprio succo di mela,

guardando le stelle che infuocavano e strillavano attraverso il cielo buio.

"Sono bellissime," sussurrò Alex inclinando il capo per guardare il cielo sopra di sé. I suoi capelli rossi come il fuoco penzolavano dietro di lei, esponendo la colonna pallida del suo collo. In quella posizione, i suoi seni incredibili erano rivolti verso l'alto, e quando Cam fu in grado di distoglierle lo sguardo dal petto, venne catturato dalle sue labbra rosee e piene.

Ogni centimetro del suo corpo era incredibile, perfettamente proporzionato, e Cam dovette cambiare posizione per nascondere l'erezione che gli gonfiava il cavallo dei pantaloni. Ricordava a stento quello che era successo la prima notte, e ora non voleva altro che scoprirla di nuovo, rimuovere i vestiti che coprivano il suo corpo e toccare la sua pelle calda e cremosa.

"Non stai guardando il cielo," disse Alex strappandolo dal suo sogno ad occhi aperti.

Cam sorrise.

"Non è colpa mia se hai un corpo del genere..." Mosse la mano per indicarla. "Cazzo, guardati, Alex."

Lei arrossì e alzò gli occhi al cielo, ma lui pensò che il suo complimento le avesse fatto piacere. Chissà se le piaceva sentirsi dire parole oscene. Essendo la sofisticata ragazza di città che era, Cam era pronto a scommettere di sì. A lui lei piaceva così, informale, rilassata, un po' arruffata. Voleva scoparsela, certo, ma voleva anche stuzzicarla, dominarla. Domare Alex sarebbe stato impossibile, ma lui avrebbe potuto intrappolarla per qualche istante, avrebbe potuto stringere la sua anima luminosa in mezzo alle mani e farla sua.

Allungò una mano e le scostò i capelli dal volto.

"Alex, veramente. Sei bellissima," disse.

Lei sorrise di nuovo, e Cam non resistette. Si avvicinò e le sfiorò l'angolo della bocca con le labbra. Il respiro di Alex si fece pesante. Si sporse verso di lui sfiorandogli il braccio con il seno. Sotto la maglietta non indossava niente, e lui riuscì a sentire il dolce calore dei suoi seni attraverso il tessuto sottile.

Prima che Cam si rendesse conto di quello che stava facendo, si era messo Alex sulle ginocchia. Conquistò la sua bocca, invadendo la sua bocca dolcissima con la lingua. Le strinse i capelli nel pugno e li strattonò leggermente, facendole capire che ora era lui ad avere il controllo. Le mordicchiò il labbro inferiore e le massaggiò il seno con la mano libera, sollevandolo, soppesandolo e strizzandolo. Riuscì a sentire il suo capezzolo che si inturgidiva.

Alex sussultò, lasciò che Cam le facesse inclinare la testa all'indietro. Inarcò la schiena, spingendo quei suoi magnifici seni contro il suo volto. Cam le lasciò andare i capelli e le afferrò entrambi i seni, portandosi il capezzolo turgido alle labbra. Lo baciò attraverso il tessuto, e Alex gemette.

Cam le sollevò la maglietta, arrotolandola all'altezza delle scapole e liberando i suoi meravigliosi seni. Erano enormi, arrotondati, i capezzoli larghi, e rosei, e bellissimi. Diede uno schiaffetto a uno dei seni, e sorrise vedendo Alex che sussultava sorpresa.

"Hai le tette più belle che abbia mai visto in vita mia, Alex. Ne sei consapevole?" le chiese avvicinandosi e strofinando il mento ruvido contro un capezzolo. Strinse il capezzolo turgido tra le dita e le diede un altro bacio sulle labbra. Alex rispose spingendo il seno verso di lui, ruotando i fianchi e strofinandogli il culo sul membro eretto.

"Mhmm," sussurrò Cam contro le sue labbra. Riusciva a sentire il profumo della sua eccitazione nell'aria, e sentiva il proprio corpo irrigidirsi, bramarla. Pensò alle rosee profondità della sua fica profonda. La desiderava come non mai, tanto da essere sul punto di infrangere quanto si era ripromesso prima. E invece no, aveva bisogno di andarci piano. Poteva darle piacere, poteva esplorare il suo corpo – ma, almeno per stanotte, avrebbe dovuto tenerselo nei pantaloni.

"Alex," disse aspettando che lei aprisse le palpebre. Poi disse: "Voglio spogliarti. Voglio toccarti e assaporarti, e voglio farti venire. Ma io non mi spoglierò. Mi hai capito?"

La lussuria negli occhi di Alex sfarfallò per un attimo, subito rimpiazzata dalla confusione.

"Perché?" gli chiese.

"Perché così ho deciso," fu l'unica risposta che le diede Cam prima di farla distendere sulla coperta. In un batter d'occhio le aveva sfilato i pantaloni. Si sedette e si godette la vista. Era veramente incredibile, tutta seno e fianchi e cosce frementi.

Cam allungò una mano e le fece spalancare le gambe. Notò che i suoi peli pubici, rasati quasi completamente, erano più chiari dei suoi capelli, quasi biondi. Quando Alex chiuse le gambe per riflesso, lui la lasciò fare, contento di esplorarla da qualche altra parte.

Si inginocchiò di fianco a lei e le strinse i seni, palpando la carne morbida. Si sporse in avanti e prese di nuovo a succhiarle un capezzolo, turbinando la lingua e mordicchiandolo fino a quando lei non cominciò a gemere e ansimare. Le passò le mani sui fianchi e sulla vita, poi si dedicò all'altro seno, stuzzicandole con le dita la pelle sensibile sopra le ossa dei fianchi. Allungò una mano, le sfiorò i peletti biondicci, e poi le accarezzò l'interno coscia.

"Apri le gambe, Alex. Lasciati vedere. Voglio ciò che è mio," le ordinò.

Quando lei spalancò le gambe, un gemito famelico le

scappò dalla gola, e lui dovette trattenere un ghigno da predatore. Era rosa e bagnata dall'eccitazione. Il cazzo di Cam pulsò in risposta. Era stato lui a renderla così; era stato lui a preparare il suo corpo per il proprio cazzo.

"Sei bagnata, Alex. Per me. Devi essere così arrapata," disse lui sfiorandola con un dito in mezzo alle cosce.

Alex si morse le labbra e si tirò su sui gomiti, rivolgendogli uno sguardo carico di lussuria e desiderio. Ora il suo sguardo turchese era quasi scuro come la notte.

"La prossima volta ti farò parlare. Ti farò chiedere ogni cosa. Ricordatelo," le disse lui.

Cam si spostò e andò a inginocchiarsi in mezzo alle sue gambe. Trovò la sua clitoride con la punta delle dita, cominciò a massaggiarla con un movimento circolare, e Alex sussultò e gettò la testa all'indietro. Con un movimento lento, deliberato, la penetrò. Lei si contrasse attorno al suo dito, e Cam avrebbe tanto voluto avere un più chiaro ricordo della loro prima notte insieme. Doveva essere stata una nottata fenomenale.

Cam la penetrò con un altro dito e le massaggiò la clitoride con il pollice. Alex si contrasse di nuovo. Cam sorrise: sapeva che stava già per venire. Stava andando tutto secondo il piano che aveva cominciato a formarsi nella sua mente, un piano la cui riuscita dipendeva dalla sua capacità di farle dimenticare ogni altro uomo. Non si sarebbe fatta né scopare né toccare da nessun altro uomo sulla faccia della Terra. Non dopo che Cam avrebbe riversato su di lei tutta la sua abilità – ne era certo.

Le premette la mano libera sul ventre e piegò le dita verso di sé, come per dirle di venirgli incontro. Continuò a toccarla fino a quando non trovò il suo punto G. Alex ululò, inarcò la schiena e aprì la bocca formando una *O* di piacere.

"Ah, eccolo," disse Cam con nonchalance, sapendo che Alex non lo stava ascoltando.

Continuò a penetrarla e a piegare le dita, premendole la mano sul ventre per aumentare la pressione e l'intensità del suo tocco, sentendola che a poco a poco si contraeva attorno a lui, fino a quando fu sicuro che fosse sul punto di esplodere. Solo allora tirò via la mano libera e si mosse per affondare la faccia nei suoi peli pubici. La baciò lentamente, rallentando il movimento delle sue dita per concederle un momento per capire le sue intenzioni, lasciare che lei bramasse il momento in cui la sua bocca si sarebbe poggiata su di lei.

Alex gli afferrò la testa, gli affondò le dita tra i capelli e Cam ridacchiò. Le baciò dolcemente la clitoride, adorando i gemiti che ebbe in risposta. Leccandola, cominciò a penetrarla con più vigore, massaggiando il suo punto G. Poi le avvinghiò le labbra attorno alla clitoride e cominciò a succhiare con forza, senza smettere mai di scoparla con le dita.

Alex venne con un urlo, fremette e restò senza fiato. Cam continuò a succhiarle la clitoride e a penetrarla, aiutandola a cavalcare l'onda del suo orgasmo, fino a quando lei non lo spinse via. Allora lui si mise a sedere e la guardò. Era in preda all'estasi, un braccio poggiato sugli occhi per tenere tutto il mondo fuori.

Aveva quasi finito con lei per stanotte. Quasi. C'era un'ultima cosa che doveva mostrarle.

"Alex, mettiti a sedere," le disse tirando via il braccio che le copriva gli occhi.

Lei obbedì.

"Quello... sì che..." fu tutto quello che riuscì a dire.

Cam si inginocchiò di fianco a lei e la strinse a sé. La baciò di nuovo, le strinse i seni e le stuzzicò il capezzolo con il pollice. Nel giro di un istante, aveva riconquistato il suo interesse.

"Terrò fede alla mia parola," le disse. "Alex, stanotte non ti scoperò. Ma voglio mostrarti una cosa."

Si tirò su la maglietta e poi tirò giù i pantaloni del pigiama, giusto qualche centimetro. Il suo cazzo balzò fuori. Era lungo e tozzo. Alex lo guardò e sollevò la mano di qualche centimetro, come volesse toccarlo. Cam sfruttò il suo movimento per afferrarle la mano e costringerla a chiudere il pugno intorno alla base del proprio cazzo. Quando lei lo fece, lui digrignò e si immobilizzò.

"Volevo solo che mi toccassi. Volevo darti un'idea di come sarà quando ti scoperò. Quando ti farò piegare in avanti e ti scoperò," disse poggiando la propria mano su quella di Alex e cominciando a muoverla su e giù. "Non ti dimenticherai mai del mio cazzo, Alex. Lo prenderai tutto, mi implorerai di dartelo."

Alex guardò il suo viso e poi il suo cazzo, ancora e ancora, stringendo la mano e passando il pollice sulla punta ingrossata. Per Cam fu fisicamente doloroso farla fermare, ma doveva farlo. Era appeso a un filo, il suo corpo moriva dalla voglia di toccarla. Era a un passo dal chiederle di fargli una sega e farlo venire. Cosa ben peggiore, il suo animale disse che avrebbe potuto farla guardare mentre lui si masturbava, farla guardare mentre spruzzava il suo seme perlaceo sulle sue tette da favola.

"Basta," disse Cam. "Volevo solo farti capire. Capisci che sei fottuta, eh, Alex? O che presto ti fotterò, per meglio dire."

Alex gli lanciò un'occhiata di apprezzamento e lui si ricoprì. Voleva scoparla qui e subito, non voleva aspettare un altro paio di giorni per continuare a stuzzicare la sua voglia. Cristo, come poteva resistere per altri due giorni? Avrebbe dovuto tirarsi una sega sotto la doccia, come un qualsiasi adolescente arrapato. Era questo l'effetto che gli faceva quella cazzo di Alex Hansard.

Incapace di guardare il suo corpo nudo senza perdere la ragione, Cam afferrò i suoi vestiti e la fece rivestire. Lei lo lasciò fare, guardandolo con un'espressione imperscrutabile. Quando Cam si fu calmato abbastanza da evitare di venirsene nei pantaloni, la prese per mano e la condusse verso il bordo del promontorio.

"C'è ancora qualche stella cadente," disse indicando un fioco bagliore in lontananza.

"Ne ho viste un mucchio," disse Alex sorridendo. Cam non poté fare a meno di mettersi a ridere. Le mise il braccio attorno alla vita e la strinse a sé. Riusciva ancora a sentire il profumo del suo orgasmo, l'odore pungente della sua eccitazione mischiato al sudore. Gli venne voglia di gemere. Si rimangiò i suoi pensieri riguardo all'essere un adolescente arrapato. Cameron Beran, quando era un teenager, non aveva mai sprecato il suo tempo con una ragazza che sapeva di non potersi scopare il prima possibile.

Forse è questo che vuol dire essere adulti? si chiese Cam.

Si girò e vide che Alex lo stava studiando. Alex allungò una mano e passò le dita sui tatuaggi che aveva sugli avambracci.

"Sono bellissimi. Hanno qualche significato?" chiese.

"Sono dei motivi tradizionali vichinghi. Volevo qualcosa che rappresentasse la mia discendenza, e questi, sinceramente, sono meglio di un Teddy Bear," scherzò Cam.

Alex annuì. Restò in silenzio per un po'. Cam si accorse che la trovava affascinante; il suo volto era così espressivo che riusciva quasi a indovinare i suoi pensieri prima che lei parlasse. Intelligente, bellissima e aperta riguardo i propri pensieri, le proprie emozioni... sì, con Alex aveva fatto tombola.

"Sarà tutto tuo un giorno?" chiese Alex indicando con un gesto il paesaggio che si estendeva davanti a loro.

Cam si irrigidì; le sue parole erano inaspettate. Deglutì e ci pensò su.

"Mi piacerebbe, ma è complicato. Mio fratello Wyatt è più grande di me, ed è tanto autoritario quanto me. Ha ottime probabilità, ma..." Cam fece una pausa. "Non lo so. Non può farlo se non ha una compagna, e non sembra avere l'intenzione di sistemarsi."

"E il decreto degli Alfa? Non è costretto a trovarsi una compagna?" chiese Alex.

"No. Vogli dire, dovrebbe trovarsi un altro posto dove correre liberamente. Diventerebbe un lupo solitario. Ma tanto qui non ci viene quasi mai. Non penso che per lui le cose cambierebbero di molto. L'unica cosa che lo lega a questo posto è la possibilità di diventare il prossimo Alfa. Ma non penso ci abbia riflettuto a fondo. Se lui diventa l'Alfa, allora dovrà trasferirsi qui. Avrà delle responsabilità. E queste non sono di certo le sue priorità."

"Non sapevo che ci fosse bisogno di avere una compagna per diventare un Alfa," disse Alex.

"In genere, no, non serve. Ma per compiacere mio padre e ottenere la sua approvazione? Diamine, sì."

"Ah," disse lei. Dopo un istante, lei si scostò da lui e si girò verso la coperta. "Quant'è lontano lo Chalet da qui?"

Cam sapeva che aveva detto qualcosa di sbagliato, ma non aveva propria idea di cosa potesse essere stato.

"Uhm... quindici minuti, più o meno," disse passandosi una mano tra i capelli.

"Puoi riaccompagnarmi? Senza trasformarci."

"Sì, certo."

Cam la aiutò a rimettere tutto nel cestino, riflettendo sul suo repentino cambio d'umore. La condusse lungo il sentiero, lontano dal promontorio, indicando lo Chalet in lontananza. Quando lei non rispose, limitandosi a guardare dove metteva i piedi, Cam avrebbe voluto ruggire, tanta era la sua frustrazione.

"Alex, ho detto qualcosa di sbagliato?" le chiese infine.

Lei alzò lo sguardo e gli rivolse un sorriso triste.

"No. Niente che non sapessi già," rispose.

Accelerò il passo e lo superò, lasciandolo a domandarsi cosa diavolo avesse voluto dire.

9

Il giorno seguente, mentre il sole tramontava e i primi ospiti cominciavano ad arrivare, Cam era di umore nero. Alex lo aveva tagliato completamente fuori, era persino andata a dormire sul divano. Poi si era offerta volontaria per aiutare sua madre con i preparativi per la festa, appiccicandosi in faccia un sorriso così forzatamente allegro da essere terrificante. Più volte Genny aveva lanciato a Cam un'occhiata dubbiosa. Sua madre era una persona empatica – ovvio che aveva notato la rabbia che Alex covava dentro di sé mascherata con l'esuberanza.

Cam poteva solo limitarsi a fare spallucce e a scuotere il capo. Aveva ripassato non si sa quante volte quella nottata nella sua mente, chiedendosi cosa avesse fatto mai per farla adirare a tal punto. Qualcosa che aveva a che fare con la sua famiglia, forse? Alex pensava che a Cam non piacesse la propria famiglia a causa di quello che aveva detto di Josiah? Non riusciva proprio a capirlo. Se ci fosse riuscito, si sarebbe scusato e tutta la faccenda sarebbe finita lì.

Scosse di nuovo il capo e portò fuori l'ultimo frigo con le birre. Si fermò di fianco a Luke.

"Sembri incazzato," disse Luke. Luke di solito non parlava molto, né gradiva le stronzate, e Cam apprezzava entrambe queste sue qualità. Quantomeno Luke diceva quello che pensava, senza tanti giri di parole. Ormai si era congedato dall'esercito, ma continuava ad essere un soldato in tutto e per tutto. Persino ora scrutava gli ospiti che si erano radunati nell'enorme veranda posteriore dello Chalet. Preferiva sorvegliare piuttosto che parlare.

"Quelle cazzo di donne," disse Cam a mo' di risposta.

"Oh. E già," disse Luke. Si girò, infilò la mano nel frigo portatile e tirò fuori una Coca-Cola.

"Continui a non bere?" gli chiese Cam.

"Mai più," disse Luke. "Ti ricordi l'ultima festa che abbiamo dato?"

disse Cam ridendo. Luke si era sbronzato e si era messo in ridicolo. Era stato imbarazzante.

"Probabilmente è una buona idea," disse Cam. Guardarono le macchine piene di persone che accostavano davanti alla casa, fermandosi poco lontano, vicino al barbecue, per salutare il padre di Cam. Non poteva non approvare i modi rispettosi dei suoi cugini: se era possibile evitarlo, era meglio non fare incazzare il vecchio Josiah Beran.

Cam vide i capelli rossi di Alex spuntare vicino al barbecue. Stava parlando con Faith e Charlotte. Una conversazione animata, piena di mani che gesticolavano e grasse risate. Aubrey, la compagna di Luke, si unì a loro e si presentò ad Alex, che si girò per un istante per lanciare un'occhiata a Cam e a suo fratello.

"Che hai combinato?" chiese Gavin spuntando alle loro spalle e dando una pacca a Luke sulla schiena. "Alex sembra abbastanza incazzata."

"Ma che cazzo ne so..."

"Beh, e come rimedierai?" chiese Luke.

Cam si girò verso suo fratello e pensò alle sue parole. Arrivò anche Wyatt, con una birra già in mano.

"Che si dice?" disse Wyatt.

"Cam è nella merda fino al collo con la sua nuova ragazza," disse Gavin.

"Che ragazza?" chiese Wyatt con un bagliore pericoloso che gli luccicava negli occhi.

"La bella rossa che parla con la mia compagna," disse Luke indicando Alex.

"Eccome se è bella," disse Wyatt bevendo la sua birra. "È troppo per te, Cam. Lasciala a un professionista."

Cameron digrigno i denti e ringhiò a Wyatt. Un ringhio profondo, di gola, che rimbombò con forza, tanto da attirare l'attenzione di tutti quelli nelle vicinanze.

"Calma, tigrotto," disse Wyatt sorridendo. "Non essere troppo duro con te stesso. Non puoi farci niente se sei una femminuccia."

"Wyatt, chiudi il becco," disse Luke bloccando Cam per impedirgli di lanciarsi addosso a Wyatt. "Se fate casini giuro che vi polverizzo."

Cam capì che Luke era serissimo, ma non c'era bisogno che gli dicessero che non doveva rovinare il party di sua madre. Ci sarebbero stati mesi di ripercussioni per lei. Dopo il piccolo incidente causato dal whiskey durante l'ultima festa, Luke conosceva tale rischio meglio di chiunque altro.

"Dio, ma dove ce l'avete il senso dell'umorismo?" si lamentò Wyatt alzando gli occhi al cielo. "Cam, l'unica cosa che può aiutarti è un bel viaggetto verso il bar. Hanno il bourbon, del Buffalo Trace. Una cura per tutti i malanni. Vieni?"

Lo stronzo testardo che viveva dentro Cam pensò che un po' di whiskey era esattamente quello che ci voleva. Così seguì Wyatt, ignorando gli sguardi di disapprovazione di Luke e Gavin, e si fece strada fino al bar pieno di gente. In un paio di minuti, una bella ragazza dai capelli castani stava versando loro degli shot.

"Un altro!" disse Wyatt dopo il primo. E poi un altro; e un altro ancora. Quando fece per chiedere un quinto, Cam scosse il capo.

"Non ho nessuna intenzione di sbronzarmi. Mamma mi uccide," disse Cam. "Continua a tuo rischio e pericolo, fratellino."

"Va bene. Parliamo, allora. Che cosa hai intenzione di fare riguardo alla tua ragazza?" chiese Wyatt guardando Alex.

"Smettila di guardarla così. E poi non lo so che ho fatto, tanto per cominciare, quindi non farò proprio un bel niente," disse Cam.

"È uno scenario che richiede un'unica mossa. La classica. Se la tua donna si comporta in modo testardo, c'è un modo a prova di bomba per farle cambiare atteggiamento," disse Wyatt ordinando un giro di birre.

"Ti ascolto," disse Cam. Non era vero. Stava pensando al whiskey che gli scaldava lo stomaco e gli ammorbidiva il cervello, facendolo sentire alticcio.

"Devi farla ingelosire, mi pare ovvio," gli disse Wyatt. Diede di gomito a Cam, che fece una smorfia. "Ehi, presta attenzione, sciocco. Devi flirtare con un'altra ragazza, devi far vedere ad Anna..."

"Alex."

"Quello che è. Devi farle vedere che vali molto più di quanto lei non pensi, che sei perfettamente in grado di attrarre tutte le stronze che ti pare. Allora lei si ingelosirà e tornerà da te. Di corsa. È scienza," affermò Wyatt.

Cam lo guardò.

"Ma che diavolo stai dicendo? Ma dove le prendi certe idee?" gli chiese.

"L'ho letto su Internet, da qualche parte," disse Wyatt distogliendo lo sguardo.

"E pensi che Alex tornerà a parlarmi?" chiese Cam. Secondo il suo cervello annegato dal bourbon, la cosa aveva perfettamente senso. Poteva fare un po' lo scemo con qualche ragazza, Alex si sarebbe ingelosita e lui sarebbe stato in grado di farla ragionare.

"Eh, già," affermò Wyatt.

"Devo aspettare che mi passi la sbronza," sospirò Cam.

"Ma no. Meglio se non aspetti," disse Wyatt. Allungò una mano e afferrò una bionda che passava di lì, rivolgendole un ampio sorriso. "Come ti chiami, dolcezza?"

"Uhm... Kirk?" disse la bionda, sorpresa.

"Sei imparentata con i Beran?" la incalzò Wyatt.

"No, sono qui con Jace Tripp," disse.

"Perfetto," disse Wyatt spingendola verso Cam. "Lui è mio fratello Cameron. È super single."

"Umpf," disse Cam.

"C-ciao," disse la ragazza rivolgendogli un sorriso incerto. "Io mi chiamo Melody."

"Barista, un altro giro!" disse Wyatt. "Fanne tre questa volta. O forse quattro?"

Wyatt inclinò la testa, spingendo Cam a ruotare sullo sgabello. Lui si accigliò e si divincolò dalla ragazza, di cui si era già dimenticato il nome. Solo allora alzò lo sguardo, come un cerbiatto sorpreso dai fari di una macchina, e trovò Alex, in piedi davanti a lui, le braccia incrociate sul petto. In viso aveva un'espressione omicida.

"È così che mi dimostri la tua fedeltà?" gli disse lanciando un'occhiataccia alla bionda.

"Cosa?" Cam si finse sorpreso. "Siamo solo dei soci in affari. Abbiamo pure un contratto, no?"

Alex sbatté le palpebre.

"È di questo che si tratta?" chiese inclinando la testa da un lato.

"Non si tratta di niente. Sei tu che mi hai detto che sono libero di fare quello che mi pare. In modo discreto, certo," disse Cam. Riusciva a sentire le labbra che gli si piegavano in un sorriso, ma sembrava non poterci far nulla, così come sembrava del tutto incapace di tenere a freno la lingua.

"Cos'è questa storia di contratti e discrezione?" chiese Wyatt intromettendosi. Cam gli rivolse uno sguardo significativo, ma Wyatt era incapace di cogliere le allusioni. Lui adorava il caos. Viveva per esso.

"Niente che abbia a che fare con te," sbottò Alex. L'aveva subito inquadrato, ed era chiaro che non approvava il suo atteggiamento da ragazzaccio.

"Ragazzi, sapete una cosa?" disse Wyatt gettando un braccio attorno alle spalle di Cameron e intrappolando la bionda in mezzo a loro, muovendosi apposta per escludere Alex. "Ho una bottiglia di quelle speciali in macchina. Togliamoci dai piedi. C'è troppa gente, eh?"

"È vodka? Mi piace la vodka," disse la bionda, completamente ignara del melodramma attorno a lei. Quando Wyatt le rivolse un'occhiata disgustata, la ragazza fece spallucce e si zittì.

Cam guardò Alex, e poi Wyatt. Una parte di lui voleva prendere Alex in disparte, parlarle e farla ragionare. Un'altra parte di lui, però, voleva continuare su questa linea, farle vedere che lei avrebbe dovuto essere grata delle sue attenzioni. Alla fine, Cam lasciò che Wyatt lo trascinasse verso il parcheggio, limitandosi a rivolgere ad Alex un'alzata di spalle.

"Puoi venire, se vuoi," disse Cam ad Alex. Il cipiglio che ebbe in risposta non fece nulla per alleggerirgli il peso che gli grava sul cuore, ma non aveva nessuna intenzione di cedere. La parola "cedere" non esisteva nei vocabolari degli uomini della famiglia Beran - e Alex l'avrebbe capito ben presto.

Quindi Cam la lasciò. E lei lo seguì con lo sguardo mentre, assieme a Wyatt e a quella nuova biondina, si allontanava dirigendosi verso il parcheggio.

10

A Cam bastarono quindici minuti per rendersi conto di essere nei guai fino al collo. Wyatt aveva fatto sedere lui e la bionda nei sedili anteriori del SUV.

"No, no, ragazzi, sedetevi voi davanti. A me piace stare comodo," aveva risposto Wyatt quando Cam aveva protestato. Cam scosse il capo. Quantomeno i sedili del guidatore e quello del passeggero non erano uniti – ma Wyatt riuscì a rovinare subito questo suo vantaggio. Allungò una mano e capovolse la console centrale, che si trasformò in un sedile imbottito.

E, un secondo dopo, Cam si ritrovò con lo stomaco in gola.

"Cavoli che scemo. Ho lasciato la bottiglia migliore in casa," disse Wyatt scuotendo il capo. "Vado a recuperarla. Non ve ne andate, okay?"

E così Wyatt svanì, lasciando Cam e la ragazza da soli e in silenzio.

"Come hai detto che ti chiami?" le chiese.

"Melody," disse lei facendogli gli occhi dolci.

"Se ci avesse lasciato le chiavi potremmo ascoltare un

po' di musica," disse Cam sporgendosi in avanti per guardare fuori. Non riusciva a decidersi: voleva che Alex lo vedesse, oppure era terrorizzato di vederla apparire vicino alla macchina? Certo, non aveva intenzione di fare nulla, ma sembrava che, quando si trattava di lui, Alex fosse un po' melodrammatica e facesse in fretta a saltare alle conclusioni.

"Quindi, quale Beran sei tu?" gli chiese Melody avvicinandoglisi di qualche centimetro. "Siete tutti uguali. E tutti belli, su questo non ci piove."

Melody attraversò il sedile con due dita e gliele poggiò sulla coscia. Gli disegnò dei cerchietti sul ginocchio, poi un po' più su, poi ancora più su, e poi un altro po' ancora... Le sue avance erano tanto ovvie ed esagerate che Cam si mise a ridere. Pensò che stesse scherzando. Ma quando lei gli mise una mano in mezzo alle gambe, e Cam dovette riconsiderare quella sua prima impressione.

"Ehi, ora..." disse.

"Melody. Ti ricorderai di come mi chiamo, cowboy," gli disse con un sorriso malizioso in volto.

E in un lampo Melody fece la sua mossa. Gli si sedette sulle ginocchia, il sedere contro il volante e le tette pressate contro la faccia di Cam.

"Aspetta, aspetta..." disse lui spingendola via.

Melody non aveva nessuna intenzione di aspettare. Gli afferrò le mani e intrecciò le proprie dita alle sue. Poi si sporse in avanti, come per baciarlo. Da così vicino Cam riusciva a sentire l'alito che le puzzava di alcool. Non era sembrata troppo ubriaca prima, ma ora Cam capì che riusciva a malapena a controllarsi. Melody si mosse e diede una culata contro il volante facendo partire un colpo di clacson. Si mise a ridacchiare.

Cam inclinò la testa a sinistra per evitare le sue labbra, e vide Alex lì di fronte a loro. Lo osservava attraverso il parabrezza, la bocca spalancata, le braccia penzoloni lungo i fianchi. Sparita la rabbia, lo spirito combattente. Cam la guardò terrorizzato. Spinse via la bionda, ma era troppo tardi.

Gli occhi di Alex si riempirono di lacrime, lacrime che le colarono lungo le guance rovinandole il trucco.

"Alex!" disse Cam cercando di aprire la portiera. Abbassò lo sguardo per meno di un secondo, ma quando lo rialzò, Alex stava scappando via a tutta velocità.

"Merda, merda," disse Cam scivolando fuori dalla macchina.

La inseguì andando a sbattere contro diversi ospiti. Passò vicino ai suoi genitori, che gli rivolsero entrambi delle occhiate severe, ma non si fermò. Quando la raggiunse, ormai erano arrivati alla porta della sua camera da letto. Si fermò sulla soglia. Non sapeva cosa dire. Lei infilò in fretta e furia la propria roba nella valigia e la chiuse con forza.

Quando si girò, con le lacrime che le rigavano il volto, la sua rabbia e il suo dolore erano evidenti.

"Alex, aspetta. Lascia che ti spieghi," disse Cam facendo un passo in avanti e afferrandola per il polso.

Alex si divincolò con forza.

"Non ce n'è bisogno. Non può funzionare. Avrei dovuto capirlo fin dall'inizio," disse girandosi e sollevando la valigia.

"Volevo solo farti vedere che..." provò a dire Cam.

"Quello che ho visto mi è bastato, Cameron. Lasciami in pace," disse. Quando Cam le andò incontro, lei ruggì. "Sono seria. Riporto l'auto a noleggio all'aeroporto."

"Lasciami venire con te," le suggerì Cam.

Alex gli scoppiò a ridere in faccia.

"Scordatelo. Levati dai piedi," disse bruscamente.

Afferrò la borsa e, spintonando Cam per farlo spostare, uscì trascinandosi dietro la valigia. Cam le andò dietro. Non sapeva cosa dire.

"Altolà, signorino." Sua madre apparve sulla soglia della porta principale, impedendogli di uscire.

"Ma', devo andare," disse lui.

"Tu non vai da nessuna parte. Ho visto quello che avete combinato. E di fronte a tutti i miei ospiti, per giunta. Ritieniti fortunato. Sei troppo cresciuto perché ti possa mettere in castigo. O perché tuo padre te le possa dare di santa ragione."

Cam guardò sua madre e lasciò che lei lo trascinasse in salotto senza opporre resistenza.

"Devo parlarle prima che se ne vada," disse Cam. Sua madre gli rivolse un'occhiata severa.

"Quella donna non vuole che tu la segui. Se un minino di buon senso ancora ce l'hai, aspetta che le passi la rabbia. E quando ti scusi, sarà meglio che ti metti in ginocchio e le regali dei fiori e qualche gioiello. Ora metti il sedere sul divano mentre io vado a prenderti un bicchiere d'acqua. Sento la puzza di whiskey fin da qui," lo rimproverò sua madre.

Cam si lasciò cadere sul divano e affondò la faccia nelle mani. Gli girava la testa, gli doleva il petto, aveva lo stomaco sottosopra. Ma la cosa peggiore di tutte era la consapevolezza che gli gravava sul petto. Aveva mandato tutto a puttane, e con ogni probabilità Alex non lo avrebbe mai più voluto rivedere.

Sin dal primo momento in cui Alexandra Hansard aveva messo piede in quel ristorante, Cam aveva perso completamente la ragione, il senso di ciò che è giusto o sbagliato. La sua esistenza, sempre misurata e controllata, tutti i suoi piani, e gli anni passati ad aspettare di trovare la compagna perfetta con cui vivere il resto dei suoi giorni... forse era andato tutto in fumo, e la colpa era solo e soltanto la sua.

Cam gemette tra sé e sé. Sapeva che con ogni probabilità aveva appena commesso il più grosso sbaglio di tutta la sua vita.

11

Alex, in piedi nudi nel minuscolo bagno del proprio appartamento, teneva gli occhi fissi sul lavandino. Era un lavandino vecchio stile che aveva la vaga forma di una faccia sorridente. Lei lo trovava adorabile. In questo momento, però, quel sorriso annebbiato sembrava si stesse prendendo gioco di lei.

Alex non si lasciava andare facilmente all'autocommiserazione, ma in questo esatto istante non sapeva se, durante il resto della sua vita, avrebbe mai ritrovato la felicità. E il problema non era la fine della sua relazione con Cam – se così si poteva chiamare il loro flirt durato per poco più di un mese. No, il suo fallimento era il risultato della sua testardaggine e della sua sconsideratezza.

Alex si sedette sul bordo della vasca e sospirò. Si strinse la testa tra le mani. Aveva passato una settimana infernale, forse la settimana peggiore della sua vita. Da quando aveva rotto con Cam non aveva avuto un attimo di pace, si era ritrovata ad affrontare problemi su problemi, e ogni giorno era stato un susseguirsi di guai e preoccupazioni.

Prima l'aveva chiamato il proprietario di casa e l'aveva

cortesemente informata che il palazzo in cui viveva era stato venduto. Tanti saluti alla sua tanto controllata situazione abitativa: i nuovi proprietari avevano intenzione di rinnovare l'intero edificio e di trasformare i locali in appartamenti di lusso – un'equazione che non comprendeva né Alex né i suoi vicini di casa. Aveva trenta giorni per sloggiare, punto e basta.

Poi Alex aveva combinato un disastro a lavoro, aveva perso un cliente importante e, di conseguenza, un sacco di soldi. I suoi soci in affari e i suoi dipendenti erano a dir poco incazzati, scioccati dal fatto che una come lei potesse aver commesso un errore del genere.

E, in mezzo a tutti questi drammi, c'era Cam che continuava a fare capolino. La chiamava. Le inviava mazzi di fiori a casa, in ufficio. Durante le prime due settimane dopo il loro litigio, era stato incredibilmente persistente, ma Alex era stata troppo occupata per dargli retta. Aveva altre cose di cui preoccuparsi, altri pensieri per la testa. Una parte di lei, la parte che lui era riuscito a ferire così a fondo, pensava che forse la cosa migliore da fare era semplicemente aspettare che lui desistesse, che il vento si portasse via tutto e basta.

Alla fine lui aveva smesso di chiamarla. Alex non aveva sue notizie da una settimana e mezzo.

In cima a tutto questo, per colpa di un raffreddore che si era beccata durante il volo di ritorno, non riusciva praticamente a combinare nulla a lavoro. O almeno lei aveva pensato si trattasse di un raffreddore. Si sentiva sempre stanca, fiacca. E poi, per quattro giorni di fila, era stata totalmente incapace di tenersi anche solo un po' di cibo nello stomaco.

Così era andata in farmacia per comprare del tè allo zenzero e un altro paio di cose. Quando entrò vide un uomo alto, con i capelli scuri, e si immobilizzò pensando che fosse

Cameron. Ma poi l'uomo si girò e no, non era lui. Ovviamente. Perché mai Cameron dovrebbe trovarsi in un quartiere tanto degradato?

Eppure, vedere quel tizio le ricordò che lei era ancora single. Aveva bisogno di ricominciare a uscire, di conoscere altri Berserker. Non si smette di vivere solo perché si chiude una relazione. Quindi drizzò la schiena e andò alla ricerca di una scatola di preservativi.

E lì, vicino ai preservativi e al lubrificante, Alex scorse una sfilza di test di gravidanza. Scatole allegre e scintillanti in attesa delle future madri. Su alcune c'era l'immagine di una coppia felice che si abbraccia.

E fu allora che Alex capì. Sapeva, senza ombra di dubbio, con una chiarezza tanto improvvisa quanto dolorosa, che non aveva affatto bisogno di preservativi. Che non ne avrebbe avuto bisogno per almeno un anno. Si portò le mani alla bocca, le venne da vomitare, gli occhi le si riempirono di lacrime.

Hai sempre voluto una famiglia tutta tua, no?, pensò.

E ora ciò sarebbe diventato realtà... ma non si era aspettata né aveva mai desiderato che succedesse così.

Alex prese mezza dozzina di test di gravidanza. Poi vi aggiunse una scatola di preservativi, a mo' di scherzo triste. Poi prese qualche altra cosa, completamente a casaccio, prodotti per capelli e lampadine e cracker. Un modo per coprire le proprie tracce, per quanto strambo. All'imbranato che stava dietro alla casa non gliene importava un fico secco dei suoi acquisti. Era troppo impegnato a fissarle il petto per poter notare quello strano assortimento di oggetti.

Era così che Alex era finita in bagno. I test di gravidanza se ne stavano poggiati ai lati del lavandino, in due file ordinate. Erano tutti positivi. Ogni test la guardava, ricordandole che era veramente fottuta.

"Niente appartamento. Tra qualche mese forse resterò senza lavoro. E ora questo," mormorò tra sé e sé. "Non posso nemmeno bermi un bicchiere di vino per distendere i nervi."

Si mosse, sospirò. Si alzò. Gettò tutti i test nel cestino e barcollò verso la sala da pranzo, provando disperatamente a pensare a cosa avrebbe fatto. Il suo stile di vita attuale, fatto di pasti consumanti velocemente durante l'orario lavorativo, di incontri sessuali occasionali, senza nessuna routine precisa a dare un senso alle sue giornate...

Non aveva radici, niente a cui aggrapparsi. Come poteva accogliere un bambino in una vita del genere? Che razza di madre sarebbe stata?

Alex si sedette sul divano e decise che, prima di cominciare a pianificare il prossimo futuro, si sarebbe abbandonata a un lungo, lunghissimo pianto. Cominciò a singhiozzare e disse addio alla vita per come l'aveva conosciuta fino a ora.

12

"Okay. Fuori dal letto," disse una voce familiare.

Alex, terrorizzata, scostò la coperta e si mise a sedere sul letto.

"Gregor!" disse, sorpresa di vedere il suo impeccabile fratello, con le braccia conserte e poggiato contro la soglia della propria camera da letto.

"E ci sono anche io!" disse Bette facendo capolino da dietro di lui.

"Come siete entrati?" chiese Alex rendendosi improvvisamente conto che non si faceva la doccia da due giorni e addosso aveva semplicemente un'enorme t-shirt.

"Abbiamo detto al portiere che forse ti eri impiccata. È stato felicissimo di darci le chiavi. Sarà un tipo facilmente impressionabile," disse Gregor inclinando la testa e guardandola attentamente. "Ora però vedo che la mia piccola bugia era più vicina alla verità di quanto non pensassi."

"Non ho intenzione di ammazzarmi," borbottò Alex.

"Ho sentito quello che è successo alla festa dei Beran.

Veramente ti sei rintanata qui per uno screzio con Cameron Beran?" le chiese Gregor.

"No. Forse." Alex sospirò. "Non lo so. È stata una settimana tremenda."

Alex sentì uno strano gridolino provenire dal corridoio.

"Alex, ma che diavolo?" gridò Bette rientrando in camera. "Sono andata a fare pipì. Ci sono un centinaio di test di gravidanza nel cestino."

Gregor farfugliò sorpreso. Alex avrebbe voluto rificcarsi sotto le coperte e tornare a dormire per non svegliarsi mai più.

"Forse non dovresti ficcare il naso nella mia spazzatura," le fece notare Alex.

"Sei... Sei..." Gregor era scioccato.

"Incinta? Presente."

"È... Di chi è?" chiese Bette andando a sedersi sul letto.

"Di Cameron," disse Alex con un sospiro.

"Ne sei sicura?" le chiese Gregor con tono tagliente.

"Al cento per cento. Sicurissima."

"Come... Vi siete frequentati solo per un mese! Ma non hai mai sentito parlare degli anticoncezionali?" disse Gregor, quasi ruggendo.

Alla parola *anticoncezionali*, Alex si sentì un nodo in gola.

"Se mi fai piangere ti sbatto fuori," gli promise lei. "Oltretutto è successo prima che tu organizzassi l'incontro. È stata una botta e via. Non sapevo nemmeno come si chiamasse, all'epoca."

"Un momento, Cameron Beran è il tizio che hai rimorchiato in discoteca?" disse Bette con voce stridula, tanto scioccata quanto Gregor. "Perché diamine non me lo hai detto?"

Alex fece spallucce.

"Che importanza ha ora?" le chiese.

"Ragazza..." disse Bette scuotendo il capo. "Tutta l'importanza del mondo. Devi prendere una decisione. Hai intenzione di dirglielo?"

Alex restò in silenzio per un lungo, colpevole istante.

"Non ne sono sicura," ammise. "L'ho scoperto solo pochi giorni fa."

"E non mi hai chiamato?" le chiese Gregor, che cominciava ad arrabbiarsi.

"Non sono abituata ad avere qualcuno da chiamare," disse Alex.

"Volevi fare tutto da sola?" le chiese Bette stringendole la mano.

"Come sempre. Pensavo di trasferirmi vicino ai miei genitori. Non saranno felice se faccio tutto da sola, ma mi aiuteranno."

"Sei la cugina più sciocca che ho," disse Bette. "Veramente. Se credi che ti lasciamo da sola, puoi scordartelo. È a questo che serva la famiglia, Alex."

"Grazie," disse Alex. Pensò alla famiglia, e si sentì lo stomaco sottosopra. Gregor e il resto del clan non li aveva nemmeno presi in considerazione. Ma erano suoi consanguinei, no?

"Speriamo che quel bambino abbia preso dal padre, per quanto riguarda l'intelligenza," disse Bette.

"Non sappiamo di preciso cos'ha fatto per meritarsi la tua furia, però," disse Gregor. "Lui sta messo male quanto te?"

"Il doppio. Tre volte tanto," lo informò Alex.

"Farai meglio a vuotare il sacco. Poi possiamo pensare al da farsi," disse Bette spostandosi per far spazio a Gregor.

Alex li guardò entrambi e, per la prima volta da chissà

quanto tempo, sentì la speranza che le scaldava il petto. Gli raccontò tutto, ogni singolo dettaglio, denudando la propria anima di fronte a Gregor e Bette... la sua *famiglia*.

13

Cameron stava tamburellando con le dita sul tavolino di vetro del caffè doveva aveva acconsentito a incontrarsi con Alex. Si era vestito con cura, scegliendo un paio di jeans scuri, una t-shirt bianca attillata e un costoso blazer di tweed grigio. Esternamente, era ordinato, elegante. Internamente, era in totale subbuglio.

Il suo nervosismo raggiunse il culmine quando vide Alex entrare nel caffè e guardarsi attorno per un istante prima di scorgerlo. Indossava un vestito color smeraldo e delle scarpe col tacco nere. Avere i capelli sciolti che le cadevano sulle spalle, fieri e feroci come la criniera di un leone. Anche lei si era sforzata per apparire al suo meglio e quindi, forse, anche lei era nervosa tanto quanto lui.

"Ehi, Cameron," disse lei andandogli incontro.

Cam si alzò. Non sapeva se doveva abbracciarla o no. Alex tirò fuori una sedia e ci si sedette sopra con grazia, risparmiandolo dall'imbarazzo.

"Grazie per essere venuto," disse lei ispezionandolo con lo sguardo.

"Alex, ti ho chiamata non so quante volte. Perché mai non sarei dovuto venire?" le chiese.

Lei gli rivolse un'occhiata strana e scosse il capo.

"Non ero certa che ti saresti presentato. Forse... avrei dovuto richiamarti. Scusa," disse.

"Non devi scusarti di niente. Sono io quello che dovrebbe farlo," le disse Cam. Quando lei non rispose, Cam si massaggiò la nuca. "Vuoi un caffè?"

Alex arricciò il naso, e sul suo volto comparve una strana emozione. Sparì in un batter d'occhio, e poi si limitò a scuotete il capo.

"No, grazie."

"Sei sicura? Tu adori il caffè," disse Cam.

"Sì... magari dopo. Prima devo parlarti," disse lei poggiando le mani sul tavolo.

Lui la guardò, ammirando la sua bellezza e pensando a quanto lei lo intimidisse in questo momento. Certo, lui era fisicamente più forte di lei, ma si trovava comunque in una situazione di svantaggio: a lui importava di lei, gli importava cosa pensasse, cosa desiderasse.

Avere a cuore una particolare donna era una novità, nella vita di Cameron Beran.

"Hai un aspetto fantastico," disse Cam prima ancora di aver soppesato le sue stesse parole.

Alex arrossì e sorrise.

"Smettila di flirtare," lo accusò.

"Non posso farci niente," disse Cam facendo spallucce. Eccolo, il cameratismo di cui avevano gioito per breve tempo mentre si trovavano insieme allo Chalet. Era facile, con Alex, naturale. Lei riusciva a tirar fuori il suo lato migliore, a farlo sentire...

"Eccoti, stronzo!" gridò qualcuno dall'altra parte della sala.

Alex e Cam si girarono e videro un gruppo di Berserker grossi e cattivi entrare nel caffè. Metà dei clienti umani guardarono gli orsi che si avvicinavano, tutti vestiti con dei completi grigi, e se la diedero a gambe.

"Merda. Che ci fa qui tuo padre?" chiese Cam ad Alex.

Lei lo guardò esterrefatta e si girò verso Alfred England. L'Alfa si muoveva con fare sicuro, spalleggiato da sei Berserker altrettanto terrificanti.

"Alex, ma che diamine?" chiese ad Alex afferrandola per mano, provando a ottenere una reazione.

"Non lo so, non lo so! Non ci siamo mai incontrati," disse Alex. Era arrossita e, a giudicare dalla sua espressione, stava andando nel panico. Senza dubbio, non era così che lei si aspettava di fare la conoscenza del suo padre naturale per la prima volta.

"Okay. Va bene. Parlo io, va bene?" disse Cam. Alex era in preda allo shock. "Alex, ti fidi di me? Ci penso io."

Le strinse la mano e lei alla fine si girò verso di lui. Si morse il labbro e annuì. E allora Alfred England raggiunse il loro tavolo.

"In piedi," gli ordinò l'Alfa, con impazienza.

"Signor England," cominciò a dire Cam, ma l'Alfa lo zittì con un gesto.

"Zitto." Si girò verso Alex e la squadrò dalla testa ai piedi. "Tu. Assomigli a tua madre."

Alex emise un suono flebile e triste, e Cam odiò l'uomo che aveva prima generato e poi rifiutato la donna che lui adorava.

"Non parlare con lei, parla con me," disse Cam alzandosi in piedi e mettendosi in mezzo a loro.

"È per quello che sono qui, stronzo," disse con un accento di Chicago così pesante da farlo sembrare un gangster degli anni '20. Era chiaro che England si identificasse con gente tipo Al Capone. Indossava un completo scuro a strisce, i capelli argentati e impomatati pettinati all'indietro, e si muoveva con fare da spaccone. L'unica cosa che lui e Alex avevano in comune erano gli occhi. Era facile capire da chi lei avesse ripreso quel meraviglioso color cobalto. E notare il tratto più bello di Alex sul grugno di England non fece altro che far arrabbiare Cam ancora di più.

"Farai meglio a misurare le parole, quando parli con me," disse Cam. Comprendeva la smargiasseria dell'Alfa meglio di chiunque altro.

"Dice il pezzo di merda che ha messo incinta mia figlia e poi l'ha mollata," disse England.

Ci vollero diversi secondi prima che Cam riuscisse ad elaborare le sue parole. Ogni sguardo seguì Cam, guardandolo mentre si voltava verso Alex, con la bocca aperta, incapace di formare un pensiero coerente.

"Messa... Cosa?" disse.

"Uhm," mormorò Alex, alzandosi in piedi. "Cam, stavo per dirtelo."

"Ehi," disse England spintonando Cam. "Come hai detto tu. Parla con me, non con lei."

Un migliaio di impulsi turbinarono nel cervello di Cam, ma in qualche modo riuscì a mantenere la calma. Si girò verso England e gli parlò con voce glaciale, sprizzando da tutti i pori uno sfacciato atteggiamento da Alfa.

"Qui nessuno ha mollato nessuno. Non solo non sai di cosa parli, ma hai anche rovinato la sorpresa di Alex," sbottò Cam fulminandolo con lo sguardo.

I due si guardarono dritti negli occhi per un istante, occhi verde acqua che si scontravano con occhi turchesi, ma alla fine England si schiarì la gola e fece un passo indietro.

"Va bene," disse l'anziano Alfa

"Inoltre, puoi vedere Alex solo se è lei a contattarti. Non ci sei mai stato, e lei non ha bisogno di te ora. Solo su invito. Intesi?" aggiunse Cam. Il suo orso si stava innalzando, era vicinissimo alla superficie, bramava di trasformarsi. Il suo orso voleva sfidare England, rubargli il suo status di Alfa, bandirlo dal clan. Stendete l'intera città di Chicago ai piedi di Alex, compiacere la sua compagna.

England lo guardò per un altro secondo, poi scosse il capo. Sbuffò, girò i tacchi e se ne andò.

E d'improvviso ci furono solo Cam e Alex, che si guardavano, e tra loro c'erano migliaia di parole non dette. Cam la guardò, guardò le sue guance pallide, e sentì un tuffo al cuore. Alex era sempre uguale, sempre bellissima, come la prima volta che l'aveva adocchiata al *Bronze Throne*.

"Alex... sei veramente..." Cam non era sicuro di cosa dire.

"Sì," disse lei mettendosi le mani in grembo e tormentandosi le dita. "Non so come sia successo, non ne sono sicura. Prendo la pillola, e siamo stati attenti. Non so come sia potuto succedere... è... so che non è questo quello di cui abbiamo parlato..."

In un istante, Cam si era alzato, aveva fatto il giro del tavolo e l'aveva fatta alzare in piedi. Lei fece una smorfia e lui se ne rattristò; ma non appena la strinse a sé e la sentì che si rilassava, la sua tristezza se ne volò via. Cam la baciò con passione, la possedette con il suo bacio feroce.

Mio figlio, pensò. *Mio figlio è dentro di lei.*

Alex gli strinse le spalle e gli affondò le unghie nella carne. Lo abbracciò con forza e gemette quando sentì la sua mano sulla schiena, come a cercare di stringerla ancora di più, sempre più forte. Cameron si sentiva teso, bramoso, eccitato.

Dopo un lungo minuto, si ritrasse e la guardò negli occhi. Lei aveva la testa inclinata all'indietro e ricambiava il suo sguardo senza tentennamenti. In quel momento non c'era spazio per il dubbio o l'incertezza o la paura del futuro. C'erano solo Alex, e Cam, e la nuova vita che avevano creato insieme.

"Voglio mostrarti una cosa," disse Cam.

Alex aprì la bocca per dire qualcosa, ma Cam scosse il capo. La prese per mano, intrecciò le dita alle sue e la condusse fuori dal caffè, ignorando gli sguardi di tutti gli astanti. Nel suo cuore sapeva già che Alex sarebbe stata sua, aveva già pianificato la sua vita intorno a lei.

Ora aveva solo bisogno di dimostrarglielo.

Regnava il silenzio mentre Alex guardava i vari quartieri sfilare fuori dal finestrino, cercando di capire dove la stesse portando Cam. L'aveva fatta accomodare sul sedile del passeggero e si era rifiutato di rivelarle la loro destinazione.

"Aspetta. Fidati di me," era stata la sua unica spiegazione. "Ho mille cose di cui scusarmi, ma ora ti chiedo di pazientare."

Alex lo studiò. I suoi capelli color mogano erano arruffati, e si era tolto il blazer restando in maniche di camicia, lasciando scoperti i suoi avambracci muscolosi e abbronzati e un pizzico dei suoi tatuaggi super-sexy che continuavano a mandare Alex fuori di testa. Guidava stringendo il volante con forza, guardandosi intorno, chiaramente assorto nei propri pensieri, nelle proprie emozioni.

Si diresse verso un bel quartiere a circa quindici minuti di macchina dal centro di Chicago, un quartiere che Alex ammirò senza conoscerlo a fondo. Essendo una donna single e responsabile, non aveva mai pensato di vivere in un posto così di classe: infatti, sin da quando era andata a vivere per conto suo, Alex non era mai vissuta in un quartiere "da staccionata bianca", avendo sempre preferito la cultura e la comodità delle zone più densamente abitate della città.

Cam parcheggiò di fronte a un cottage a due piani color pesca. Il prato era ben curato, con dei gerani bianchi che punteggiavano lo spazio antistante un'allegra veranda bianca.

"Okay. dove siamo, di preciso?" chiese Alex, confusa.

"Dobbiamo fare una cosa molto importante," disse Cam.

Cam uscì dalla macchina e fece il giro per andare ad aprirle la portiera. La prese per mano e la accompagnò verso la casa. Andarono dritti verso la porta d'ingresso. Cam tirò fuori le chiavi e la aprì. Fece entrare Alex in uno spazio bellissimo, luminoso... e vuoto. Era ovviamente destinato ad essere un salotto, e vedeva una cucina elegante nella stanza di fianco, ma l'intero locale era spoglio e immacolato.

"Da questa parte," le disse Cam facendole salire le scale che dividevano il salone dalla cucina.

Alex lo seguì lungo i gradini in legno, girarono l'angolo e imboccarono un corridoio bianco.

"Cam... Ma cosa ci facciamo qui?" gli chiese strattonandolo.

"Qui," disse lui indirizzandola verso una porta sulla destra. Aprì la porta e fece entrare Alex nella stanza.

Alex sussultò. Laddove il resto della casa era spoglio, questa camera da letto era completamente arredata, decorata con dei colori vibranti e allegri. Le pareti erano di adorabile blu chiaro, con due grandi finestre adornate da tende color pesca. Al centro della stanza c'era un letto a baldacchino. La testiera scura del letto era abbinata a un enorme armadio, due comodini e una cassettiera. Attraverso una porta aperta, Alex notò un bagno rivestito con mattonelle giallo pastello.

"Cos..." disse Alex girandosi verso Cam, ma lui fu troppo veloce.

Si sporse verso di lei e la baciò. La sollevò, le infilò la lingua in bocca e la spinse sul letto. Alex lasciò che lui la facesse distendere sul letto. Lui si distese di fianco a lei. La baciò con passione, con un'urgenza che lei non gli aveva mai visto. Forse era stata lì durante il loro primo incontro da ubriachi, ma ora non riusciva ad analizzarla.

"Cam!" protestò infine, tirandosi indietro e guardandolo. "Dimmi cosa stiamo facendo. Di chi è questo letto."

"Il nostro, ovvio," disse Cam sollevando un sopracciglio.

Alex era senza parole. Aprì la bocca ed emise un suono poco lusinghiero - ma parlare le rimase più difficile.

"Che cosa vuoi dire? *Nostro*?" gli chiese.

"L'ho comprato dopo il nostro secondo appuntamento. Ho sempre saputo che saremmo stati insieme," disse Cameron come se fosse la cosa più naturale del mondo.

"Tu sei pazzo," gli disse Alex sentendo una folle gioia che le riempiva il petto.

"Non si lotta contro un'intesa come quella che c'è tra me e te. Ne abbiamo a pacchi," disse Cameron. Le scostò i capelli e le baciò il collo. Alex tremò sentendo le sue labbra calde che le sfioravano il collo e le mordicchiavano il lobo dell'orecchio.

"È pazzesco," disse di nuovo, ma ridacchiando e ansimando. "Hai comprato una casa, d'impulso?"

"Direi piuttosto d'istinto. E meno male che l'ho fatto," le mormorò. Le mordicchiò il collo, e lei cominciò ad avvampare. "Perché ho sempre sentito dire che per crescere bene i bambini hanno bisogno di un sacco di spazio."

Prima che Alex potesse protestare ulteriormente, lui

catturò le sue labbra con un bacio tenero e appassionato. Le strinse i seni, palpandoli attraverso il vestito, dandole piacere. I suoi movimenti erano lenti e languidi. Alex non voleva altro che lui la spogliasse e la scopasse, la riempisse, le desse la soddisfazione che il suo corpo già bramava sopra a ogni altra cosa.

Ma invece lui la stuzzicò, le sfiorò la clavicola e i seni con la punta delle dita. Le passò la mano sulle costole, prendendosi un lungo istante per spalancare le dita sul suo ventre piatto, ricordandole della vita preziosa che ora cresceva dentro il suo corpo.

"Cam," lo implorò lei muovendosi per sbottonargli la camicia.

Alex gli aprì la camicia e gli passò le mani sui pettorali sodi e gli addominali cesellati, afferrandogli poi i fianchi magri e muscolosi. Gli passò le dita sui tatuaggi, giurandosi che in seguito li avrebbe esaminati nel dettaglio. Ma ora non aveva la pazienza necessaria, non importava quanto le piacessero. Quando cominciò a sbottonargli i jeans, Cam ridacchio e la fermò.

"Piano. Abbiamo tutto il tempo del mondo," le disse lui.

Alex emise un suono impaziente, ma non insistette. Cam si alzò, si tolse la camicia e la gettò sul pavimento. La fece mettere seduta e le sfilò il vestito lanciando lontano. Alex indossava delle mutandine di pizzo nero e un reggiseno abbinato, una decisione tanto frettolosa quanto speranzosa che ora era felice di aver preso.

"Meravigliosa," disse Cam quasi tra sé e sé, ammirando la sua pelle nuda.

Alex resistette all'impulso di coprirsi e lo lasciò guardare. Nei suoi occhi scorse una brama che glielo fece desiderare ancora di più. Si leccò le labbra, un gesto che catturò l'attenzione di Cam. Cam emise un suono profondo, di gola. Si alzò per sfilarsi i jeans e restò con indosso solo i boxer neri che non lasciavano assolutamente niente all'immaginazione. Mentre si arrampicava sul letto, Alex tenne gli occhi fissi sul rigonfiamento che aveva in mezzo alle gambe.

Quando lui si posizionò sopra di lei, sporgendosi in avanti per afferrarle le mani e bloccargliele sopra la testa, lei fremette. Ruotò i fianchi contro di lui, spronandolo ad avvicinarsi per darle un bacio. Cam obbedì, spingendo la propria erezione contro il ventre di Alex e dandole un casto bacio che fu subito seguito da un morso al labbro inferiore.

Lei emise un flebile sussulto e ruotò di nuovo i fianchi. Cam le premette le mani contro il materasso e le lasciò andare per accarezzarle il collo e le spalle e infine abbassarle le bretelline del reggiseno. Lo tirò via denudandole i seni, i capezzoli già turgidi.

"Hai un seno fantastico," disse Cam stringendole i seni tra le mani calde.

Alex inarcò la schiena sentendo le sue dita sui capezzoli.

"Ah," disse sospirando.

Non riusciva a stare ferma, doveva toccarlo. Gli mise le mani sulla schiena, palpando i muscoli duri, riprova della sua perfezione fisica. Cam si portò un seno alle labbra e leccò il capezzolo turgido. Alex gridò e gli affondò le unghie nella schiena.

"Cameron, ti prego," disse lei premendo il proprio corpo contro il suo.

Lui sorrise e prese a succhiarle il capezzolo con forza, smettendolo solo per mordicchiarlo. Alex bramava disperatamente il suo tocco, ma era lui che comandava. Frustrata, lo spinse via. Quando lui si scostò e si distese di fianco a lei sul letto, Alex fu perfettamente conscia che lui aveva deciso di obbedire ai suoi desideri.

Gli si avvicinò e lo baciò, passandogli la punta delle dita sullo stomaco, esplorando il bordo dei muscoli che gli cesellavano i fianchi. Poi gli passò le dita sulla coscia, e poi risalì, accarezzando la sua asta dura con un tocco leggero come la piuma.

"Tu sei in cerca di guai, Alex," disse Cam a denti stretti, ma non fece nulla per fermarla.

Alex sorrise e gli lanciò un'occhiata maliziosa. Poi si alzò e si mise in ginocchio di fianco a lui. Con il suo aiuto, gli tolse i boxer. Cam restò completamente nudo di fronte a lei, il cazzo eretto che puntava dritto verso di lei. Era lungo, tozzo e perfetto, gli arrivava quasi all'ombelico, era così grosso che lei non riusciva ad avvolgerlo completamente con le dita. Glielo prese in mano e cominciò a masturbarlo, muovendo la mano su e giù, su e giù, ammirando la perla di pre-eiaculazione che colava fuori dalla punta.

Si mosse in modo da poter passare la lingua sulla punta ingrossata. Cam ringhiò, un ringhio profondo, ma quando Alex alzò lo sguardo, i suoi occhi brillavano con qualcosa molto simile all'apprezzamento. Incoraggiata, mosse di nuovo la mano dall'alto verso il basso e lo spostò per avvicinarselo alla bocca. Era troppo grosso perché potesse prenderlo fino in gola, così glielo succhiò e lo leccò come meglio poteva, usando la mano per continuare a masturbarlo.

"Cazzo, Alex," disse Cam infilandole le mani tra i capelli.

Lei gli diede piacere per oltre un minuto, ma poi lui la costrinse a smettere.

"No, no. Ho aspettato fin troppo a lungo. Non voglio venirti in gola," le sussurrò.

Alex si leccò le labbra e gli rivolse un sorriso malizioso.

"Allora farai meglio a scoparmi."

Cam grugnì, si mise a sedere e la fece distendere sulla schiena.

"Penso che ci siano altre cose di cui dobbiamo occuparci prima," disse lui guardandola negli occhi e bloccandole le mani.

Le infilò le mani dietro la schiena per sganciarle il reggiseno. Lo gettò via e le sfilò le mutandine con un tale impeto che le strappò.

"Te ne compro di nuove," mormorò e le fece spalancare le ginocchia per posizionarvisi in mezzo.

Questa volta Alex non mostrò nessuna esitazione quando Cam si sporse in avanti e le baciò la parte inferiore del ventre. Usò due dita per allargarle le grandi labbra, gemendo soddisfatto quando la trovò pronta e bagnata. Le sue labbra trovarono la sua clitoride in un istante, e subito cominciò a succhiarla e a leccarla.

"Cam!" gridò Alex sentendosi ardere.

Lui mormorò qualcosa e la penetrò con un unico dito. Alex gemette sentendo il dito che usciva fuori e gridò di nuovo il suo nome quando lui tornò a ricompensarla con due dita. Piegò le dita, massaggiandole quel punto dentro di lei, facendola fremere e contorcere. Aveva bisogno di venire.

"Ti prego, Cam, ti prego," disse chiudendo gli occhi.

Cam le avvinghiò le labbra attorno alla clitoride, succhiandola e leccandola mentre continuava a scoparla con le dita, premendole il pungo G. Si mosse e le poggiò la mano libera sulla coscia. Prima che Alex potesse rendersi conto di quanto stesse accadendo, Cam le premette un dito nel culo e la penetrò con dolcezza.

La sorpresa la disfece, la mandò in mille pezzi, inviò delle pulsazioni cocenti attraverso tutto il suo corpo. Venne in un attimo, un'ondata vigorosa di piacere che la fece gemere e la costrinse ad avvinghiarsi alle spalle di Cam. Per un lunghissimo momento, Alex perse la cognizione di sé, divorata dal piacere, inghiottita da sensazioni paradisiache.

Quando i suoi pensieri tornarono ad essere consci, Cam si era alzato e la stava guardando. Si leccava le labbra. Inarcò un sopracciglio e lei arrossì: quando c'era lui di mezzo, le era impossibile controllarsi, soprattutto quando faceva certe cose con le dita e la bocca. Alex sorrise.

"Mi scopi o no?" gli chiese.

Gli occhi di Cam si illuminarono in modo pericoloso. Senza preavviso, la fece distendere sullo stomaco. Afferrò un paio di cuscini e glieli mise sotto la pancia, facendole sollevare i fianchi verso l'alto e costringendola a premere il petto contro il materasso.

Cam si posizionò in mezzo alle sue gambe, la afferrò per i fianchi e le allargò le natiche. Le fece spalancare le cosce per ammirare il suo sesso. La penetrò con due dita, e lei gemette e si contrasse. Le stimolò un'altra volta il punto G, preparandola.

"Dimmi quello che vuoi, Alex," disse, famelico. "Dì: 'Scopami, Cam. Voglio il tuo cazzo.' Te l'avevo detto che ti avrei fatta parlare."

"Voglio che tu mi scopi, Cam," disse lei sentendo le sue dita che si ritraevano solo per andarle a stimolare la clitoride.

"Voglio che tu dica *ti prego*," le ordinò.

"Ti prego, Cam. Io... io voglio il tuo cazzo," disse lei arrossendo.

"Brava ragazza," disse lui.

Ci fu un attimo di pausa, pausa di fronte alla quale Alex reagì con un gemito. E Cam quasi la distrusse quando si prese il cazzo e strofinò la punta contro le pieghe umide del suo sesso, su e giù, lubrificandosi. Alex si spinse all'indietro verso di lui, ma Cam la colse di sorpresa, penetrandola con un unico, lungo movimento punitivo.

"Ah!" gridò lei.

"Oh porco cazzo," mormorò Cam afferrandola saldamente per i fianchi.

Alex ruotò i fianchi avanti e indietro, abituandosi al suo cazzo che la riempiva. Cam la fece fermare, la bloccò e cominciò a scoparla. Lentamente all'inizio, con colpi lunghi e profondi.

"Ce l'hai così stretta, Alex. Il tuo corpo è perfetto, è fatto apposta per me," le disse Cam. Più che sulle cose che le diceva, Cam era concentrato sul modo in cui i loro corpi si univano. Era come se si stesse trattenendo, penetrandola con movimenti lenti, misurati. Ma Alex questo non lo voleva: voleva che lui si lasciasse abbandonare alla passione.

"Dannazione, Cameron. Scopami per davvero," gli ordinò.

Cam si fermò per un secondo e poi ridacchiò. Lo tirò fuori e poi lo schiaffò di nuovo dentro, penetrandola fino in fondo.

"Così?" le chiese.

"Sì!" gridò Alex.

Cam lo tirò di nuovo fuori, e di nuovo la penetrò, fino in fondo, ancora e ancora. Continuava a tenerle i fianchi bloccati, facendola spostare un po' alla volta. All'inizio lei non aveva capito cosa stesse facendo, ma poi se ne accorse. Lui la mosse un'ultima volta, sempre penetrandola, e lei sentì una vampa di calore esploderle nel corpo. Gridò e, per un istante, vide tutto bianco.

Disse qualcosa, e Cameron cominciò a scoparla per davvero.

"L'ho trovato," pensò di avergli sentito dire Alex.

Non sapeva di cosa stesse parlando, ma ormai non era

sicura più di niente. C'erano solo Cam, il modo in cui la martellava, il modo in cui la allargava e la riempiva. Era conscia della tensione che le cresceva dentro. Anche Cam la sentiva: era chiaro dal modo in cui accelerò i propri movimenti, cominciando a scoparla sempre con maggiore forza; dal modo in cui le affondava le dita nei fianchi, dal suo respiro ansimante che si faceva sempre più pesante.

Cam si sporse in avanti e le massaggiò la clitoride con foga. Alex capì che lui doveva essere vicino al climax tanto quanto lei. Chiuse gli occhi e si concentrò sul calore e il piacere che continuavano a crescere, alle sensazioni donatele dal cazzo e dalle dita di Cam.

Il piacere crebbe per un lunghissimo istante, forse per un'eternità, e poi Alex si ritrovò sull'orlo di un precipizio, lo sguardo rivolto verso il basso.

"Oh, Cam, sto..." provò a dire, ma l'orgasmo ebbe il sopravvento.

Dentro di lei esplosero le fiamme che Cam tanto abilmente aveva attizzato, un fuoco delizioso e potente che la fece gridare. Il corpo di Alex pulsò con forza, la sua fica si contrasse attorno al cazzo del suo uomo, le sue labbra pronunciarono il suo nome.

L'istante successivo, sentì Cam che si contorceva dentro di lei, sentì il fiotto caldo del suo seme dentro il proprio corpo. Venne digrignando i denti e imprecando.

Alex stramazzò sul letto, incapace di opporre resistenza. Cam lo tirò fuori e collassò di fianco a lei sul materasso, mormorando qualcosa. Le scostò i capelli dal viso e le mise il braccio muscoloso attorno alla vita. La strinse a sé, premendo i loro corpi nudi l'uno contro l'altro. Lei guardò i suoi tatuaggi e pensò che le erano già familiari, sebbene la loro relazione fosse appena nata.

"È stato... meraviglioso," disse Alex con un sospiro. Si sentiva al sicuro, protetta, amata.

"Aspetta che cominci a scusarmi," disse Cam. Alex riuscì quasi a sentire un sorriso nella sua voce. "C'è mancato poco che non rovinassi tutto. Sono stato un idiota."

"Terribile," ammise lei.

"Ma non ti permetterò di lasciare questo letto fino a quando non mi avrai perdonato in tutto e per tutto," le promise Cam.

Alex non aveva il minimo dubbio che avrebbe mantenuto quella promessa. Anzi, capì che fidarsi di Cam era naturale. Una cosa innata.

Quando lui le premette il viso contro il collo e lei sentì il suo alito freddo sulla propria carne accaldata, Alex provò una stranissima sensazione.

D'improvviso, per la prima volta in moltissimi anni, Alexandra Hansard si sentì a *casa*.

"Devo ammetterlo, non mi sembra un posto di classe," disse Gregor sedendosi al tavolo del ristorante vietnamita scelto da Alex. Oggi si era vestito in modo informale, notò Alex. Indossava una camicia e un paio di jeans, ed era bello come sempre.

Alex e Cam avevano passato una settimana senza lasciare il letto, alzandosi solo per farsi la doccia e andare a comprare del cibo cinese da asporto, ma alla fine si erano decisi a cominciare a darsi da fare per la loro nuova vita insieme. Alex guardò Cam, apprezzando il suo corpo, e si morse le labbra ripensando a loro due, nudi, insieme nel letto.

Cam si schiarì la gola e sollevò un sopracciglio.

Giusto. Siamo qui per un motivo, si ricordò Alex. Reprimendo una risata, disse:

"Vuoi qualcosa da bere?" Doveva trovare il modo migliore per dare la buona notizia a suo fratello. Negli ultimi due giorni aveva elaborato diverse teorie, ma nessuna di esse sembrava giusta, ora che si ritrovavano faccia a faccia.

"Ne ho bisogno?" chiese Gregor girandosi verso Cam.

"Diglielo e basta, Alex," sospirò Cam scuotendo il capo e stiracchiandosi sulla propria sedia come un felino.

"Beh... sai del mio progetto, no?, la campagna che ho intenzione di intraprendere con il Consiglio degli Alfa?" disse lei prendendola alla larga.

"Certo," disse Gregor.

"Dovrà aspettare un po'," disse lei passando il dito sulla tovaglia di carta bianca che copriva il tavolo.

"Ah sì?" Gregor la guardò.

"Sì. Tipo... nove mesi?" disse Alex sollevando lo sguardo e rivolgendogli un'espressione timida, maliziosa.

Riusciva a vedere la mente di Gregor che turbinava per mettere assieme i pezzi del puzzle.

"Nove..." disse, poi si fermò. Si fece serio. "Mi stai dicendo che sei in dolce attesa, Alexandra?"

Alex non riuscì a trattenere il ghigno che le contorse il viso.

"Sì," ammise.

Con sua enorme sorpresa, Gregor gettò la testa all'indietro e si lasciò andare a una risata forte e rauca. Scosse il capo e si strofinò le mani sul volto. Poi si girò verso Cam.

"Che gran figlio di puttana. Hai risolto il problema dell'Alfa alla grande, eh?" disse Gregor. Non sembrava affatto arrabbiato, solo divertito.

"Che vuoi dire?" chiese Cameron.

"Dio, non lo sapete, eh?" sospirò Gregor. "Mio padre ha fatto due dichiarazioni qualche giorno fa. La prima: Alex ora è ufficialmente sua figlia."

Gregor guardò Alex e Cam inclinò la testa, interessato.

"E la seconda?" chiese Alex.

"Il primo dei suoi figli che gli darà un nipote diventerà

l'erede. Nel tuo caso, Alex, Cameron diventerebbe il prossimo Alfa del clan degli England."

"Cosa?" disse Alex e Cam all'unisono, tanto forte che diverse persone si girarono a guardarli.

Gregor si limitò a fare spallucce e a sorridere.

"Pensavo fossi tu l'erede degli England," disse Cam.

"Beh... di recente, potrei aver rivelato certe mie... inclinazioni... a mio padre." Ho capito che se esco allo scoperto, in molti saranno contrariati. E se non lo faccio, mi ritroverò incastrato con una donna, e ciò costringerebbe due persone a vivere una vita fatta di menzogne. Non ne vale la pena. Io voglio essere libero di vivere la mia vita," spiegò loro Gregor. "Ora che io mi sono tolto dai piedi, mio padre ha dovuto prendere delle decisioni drastiche."

"Gregor, mi dispiace tantissimo," disse Alex rattristandosi.

"No, no. A me non dispiace. È meglio così. Ora posso trovare la persona giusta per me, invece di accoppiarmi con qualcuna che ha bisogno solo di una copertura," disse Gregor liquidando il tutto con un gesto della mano. "E posso cominciare a vestire color pastello, finalmente."

Cam si mise a ridere e Alex si girò verso di lui.

"È qualcosa che potresti prendere in considerazione?" gli chiese.

"Forse," disse lui facendo spallucce. "Dobbiamo parlarne, vedere cos'è meglio per noi."

"Voi due siete già una noiosa coppia di piccioncini," disse Gregor. Si girò per cercare il cameriere e lo chiamò. "Possiamo avere una ciotola di *pho*, quantomeno? Questi due mi stanno facendo impazzire."

"Beh, è inaspettato," disse Alex sorseggiando il suo tè ghiacciato.

"Tu parli," rispose Gregor. "A proposito, quand'è che potrò conoscere il mio nipotino? O la mia nipotina?"

"Ci vorrà un bel po' di tempo," lo rassicurò Alex. "Mesi e mesi, così che tu e Bette abbiate tutto il tempo per preparare una bella festicciola."

Tutti quanti si misero a ridere, e Alex si permise di rilassarsi. Sotto al tavolo, Cam le strinse la mano con forza. Lei gli rivolse un'occhiata felice. La sua vita stava prendendo la piega giusta.

"Aspetta che lo dica ai miei genitori," le disse Cam. "Mia madre sarà al settimo cielo. Già prima tu stavi realizzando i suoi sogni, ma ora le farai venire un infarto, spedendola dritta verso il paradiso dei Berserker."

"Forse domani. Per oggi ne abbiamo avute abbastanza, di emozioni forti," disse Alex sospirando. "Per ora, questo mi basta e avanza."

Ed era veramente così.

LIBRI GRATUITI

Unisciti alla mailing list per essere informato per primo su nuove uscite, libri gratuiti, premi speciali e altri omaggi dell'autore.

https://kaylagabriel.com/benvenuto/

LIBRI DI KAYLA GABRIEL

<u>Guardiani Alfa</u>

Non guardare il male

Non ascoltare il male

Non evocare il male

L'ascesa dell'orso

La caduta dell'orso

Il regno dell'orso

Cofanetto Guardiani Alfa

<u>Gli orsi dello chalet rosso</u>

L'ordine di Josiah

L'ossessione di Luke

La rivelazione di Noah

La salvezza di Gavin

ALSO BY KAYLA GABRIEL

Alpha Guardians

See No Evil

Hear No Evil

Speak No Evil

Bear Risen

Bear Razed

Bear Reign

———

Red Lodge Bears

Luke's Obsession

Noah's Revelation

Gavin's Salvation

Cameron's Redemption

Josiah's Command

———

Werewolf's Harem

Claimed by the Alpha - 1

Taken by the Pack - 2

Possessed by the Wolf - 3

Saved by the Alpha - 4

Forever with the Wolf - 5

Fated for the Wolf - 6

L'AUTORE

Kayla Gabriel vive immersa nella natura del Minnesota, dove giura di aver visto dei mutaforma nei boschi dietro il suo giardino. Le sue cose preferite sono i mini marshmallow, il caffè e quando gli automobilisti usano la freccia.

Contatta Kayla via e-mail (kaylagabrielauthor@gmail.com) e assicurati di ottenere il suo libro GRATUITI:

https://kaylagabriel.com/benvenuto/

www.ingramcontent.com/pod-product-compliance
Lightning Source LLC
Chambersburg PA
CBHW050950050726
47592CB00007B/2514